ABBI GLINES

AUTORA BESTSELLER DO NEW YORK TIMES

Editora Charme

Este livro é um trabalho de ficção.
Todos os nomes, personagens, locais e incidentes são produtos da imaginação da autora. Qualquer semelhança com pessoas reais, coisas, vivas ou mortas, locais ou eventos é mera coincidência.

1ª Impressão 2020

Produção Editorial - Editora Charme
Foto - AdobeStock
Capa e Produção Gráfica - Verônica Góes
Tradução - Monique D'Orazio
Revisão - Equipe Charme

Esta obra foi negociada por Agência Literária Riff Ltda em nome de Dystel, Goderich & Bourret LLC.

FICHA CATALOGRÁFICA ELABORADA POR
Bibliotecária: Priscila Gomes Cruz CRB-8/8207

G561e Glines, Abbi

Existência/Abbi Glines; Tradução: Monique D'Orazio
Revisão: Equipe Charme; Capa e produção gráfica: Verônica Góes
– Campinas, SP: Editora Charme, 2020. (Série Existence; 1).
216 p. il.

ISBN: 978-65-5933-004-1

Titulo original: Existence

1. Ficção norte-americana | 2. Romance Estrangeiro -
I. Glines, Abbi. II. D'Orazio, Monique. III. Equipe Charme,
IV. Góes, Verônica. V. Título.

CDD - 813

www.editoracharme.com.br

ABBI GLINES

AUTORA BESTSELLER DO NEW YORK TIMES

EXISTÊNCIA

EXISTENCE #1

TRADUÇÃO MONIQUE D'ORAZIO

Editora Charme

CAPÍTULO 1

Não olhe, assim ele vai embora, eu repetia mentalmente enquanto caminhava em direção ao meu armário. Era necessário ter muita força de vontade para não olhar para trás. Não só seria inútil alertá-lo de que eu poderia vê-lo, como também seria idiota da minha parte, pois os corredores já estavam cheios de alunos. Se bem que, se ele tivesse me seguido para dentro da escola, eu o teria visto facilmente em meio à multidão de pessoas. Ele se destacaria como sempre, imóvel, em postura vigilante.

— AH! Você viu o Leif? Quero dizer, fala sério, tem como ele ser mais lindo? Ah, sim, tem sim. — Miranda Wouters, minha melhor amiga desde o ensino fundamental, deu um gritinho ao agarrar meu braço.

— Não, eu não o vi. O acampamento de futebol americano deve ter feito bem a ele — respondi, forçando um sorriso. Se Leif Montgomery era lindo ou não, não tinha como eu me importar menos.

Miranda revirou os olhos e abriu o armário ao lado do meu.

— De verdade, Pagan, não entendo como você pode ser tão imune a uma gostosura desse nível.

Consegui dar uma risada genuína e coloquei minha bolsa no ombro.

— Gostosura? Você não acabou de dizer "gostosura", né?

Miranda encolheu os ombros.

— Não sou um poço infinito de palavras descritivas como você.

Arrisquei uma espiada por cima do ombro. Os corredores estavam cheios de pessoas normais, pessoas vivas. Gente conversando, rindo e lendo seus horários de aulas. Era tudo muito real. Soltei um suspiro de alívio. Aquele era o primeiro dia do meu último ano. Eu queria aproveitar.

— Então, que aula você tem primeiro? — perguntei, relaxando pela primeira vez desde que tinha visto o cara morto descansando lá fora, ao lado de uma mesa de piquenique, olhando diretamente para mim.

— Tenho Álgebra II, blé! Gostava tanto da Geometria do ano passado... Eu odiava Álgebra no primeiro ano e já posso sentir as vibrações negativas vindas do meu livro. — O talento dramático de Miranda para a vida nunca deixou de me fazer sorrir.

— Eu tenho Literatura Inglesa.

— Bem, todos nós sabemos que você está amando isso. OH, olhe, olhe, olhe, lá está ele! — Miranda conseguiu gritar em um tom abafado enquanto acenava com a cabeça na direção de onde Leif estava conversando com outros jogadores de futebol americano.

— Odeio não poder ficar por aqui e aproveitar a presença dessa grandiosidade com você, mas esta é a minha parada. — Miranda olhou de relance para mim, revirou seus grandes olhos castanhos e acenou antes de se dirigir a Leif.

Salas vazias eram lugares que eu geralmente evitava a todo custo. Como ainda faltavam cinco minutos para o sinal tocar, aquela sala com certeza permaneceria vazia pelos próximos quatro minutos. Se eu tivesse ficado no corredor, teria sido arrastada por Miranda até onde Leif estava cercado por seu grupo seleto. Eu sabia, sem dúvida, que ele não estava interessado em falar com Miranda. Frequentávamos a escola com Leif desde os onze anos. Desde que ele viera de mudança de algum lugar no norte do país para a cidade costeira de Breeze, na Flórida, ele nunca tinha dado trela para nenhuma de nós. Não que eu me importasse. Ele não era meu tipo. Fui até a mesa mais próxima da janela e coloquei a bolsa em cima.

Um movimento passando pelo canto do meu olho fez os pelos dos meus braços se arrepiarem. Eu sabia que não deveria ficar naquela sala vazia, mas estava ali agora e fugir tornaria tudo pior. Virei e dei de cara com a mesma alma que tinha visto lá fora, sentada em uma cadeira no fundo da sala de aula com os pés apoiados na mesa à sua frente e os braços cruzados casualmente no peito. Como ele sabia que eu conseguia vê-lo? Eu não tinha dado nenhuma indicação disso lá fora. Normalmente, os fantasmas precisam de uma pequena pista minha para perceber que eu não era tão cega quanto o resto do mundo. Tinha algo de diferente com esse. Baixei o olhar e comecei a me virar. Talvez eu devesse ir me juntar à Miranda e ao grupinho dos atletas no corredor. Se eu agisse como se não o tivesse visto e casualmente voltasse para o corredor, ele poderia pensar que tinha cometido um erro e flutuaria para longe, atravessando uma parede ou algo assim.

— Você realmente não quer se sujeitar a uma companhia tão sem sentido, não é? — disse uma voz fria e suave, quebrando o silêncio.

Agarrei a cadeira de plástico duro ao meu lado com tanta força que meus dedos ficaram brancos. Lutei contra um pequeno grito assustado — quase um berro — no fundo da minha garganta. Devo ignorá-lo? Devo responder? Alertá-lo de que seu palpite estava certo podia não acabar bem, mas ignorar seria impossível. Ele falava. Almas nunca falavam comigo. Desde o momento em que percebi que os estranhos que frequentemente me observavam ou apareciam na minha casa e vagavam pelos corredores não eram visíveis para ninguém além de mim, comecei a ignorá-los. Ver pessoas mortas não era uma coisa nova para mim, mas que elas falassem comigo foi definitivamente uma reviravolta.

— Supus que você tivesse mais coragem. Vai me decepcionar também? — Seu tom suavizou. Havia um sotaque familiar um pouco arrastado agora, típico do Sul.

— Você consegue falar — eu disse, olhando diretamente para ele, precisando que ele soubesse que eu não estava com medo.

Vinha lidando com almas errantes, que é como gosto de pensar nelas, por toda a minha vida. Não me assustavam, mas eu gostava de ignorá-las para que fossem embora. Se achavam que eu conseguia vê-las, elas me seguiam. Esse continuou a me observar com uma expressão divertida no rosto. Notei que seu sorriso de canto de boca produziu uma única covinha, que não parecia combinar com o comportamento frio e arrogante. Por mais que sua presença me irritasse, não pude deixar de admitir que essa alma só poderia ser rotulada como absurdamente linda.

— Sim, eu falo. Você esperava que eu fosse mudo?

Apoiei o quadril na mesa.

— Sim, na verdade, eu esperava. Você é o primeiro que fala comigo.

Um franzido toma sua testa.

— O primeiro?

Ele parecia surpreso de verdade por não ser o primeiro morto que eu conseguia enxergar. Era definitivamente a alma mais incomum que eu já tinha visto. Ignorar uma alma que poderia falar seria difícil. No entanto, eu precisava superar sua habilidade e me livrar dele, pois conversar com amigos invisíveis poderia prejudicar minha vida social. Eu acabaria parecendo uma garota maluca que fala sozinha.

— Pagan Moore, hoje deve ser meu dia de sorte. — Ao som do meu nome, me virei para ver Wyatt Tucker entrando na classe, cheio de ginga.

Forcei um sorriso como se não estivesse falando com uma sala vazia.

— Acho que é. — Inclinei a cabeça para trás, olhei para cima e encontrei seus olhos. — Você continua crescendo, não é?

— Não consigo evitar. — Ele piscou e então passou uma longa perna por cima da cadeira em frente à minha antes de se sentar. — O que você andou aprontando neste verão? Não tenho tido muitas notícias suas.

Arrisquei uma olhada de volta para a alma, mas encontrei a cadeira vazia. Uma mistura de alívio e decepção tomou conta de mim. Querer fazer mais perguntas não era exatamente uma boa ideia, mas eu não conseguia evitar. Eu tinha feito perguntas a outras almas antes, tipo, "Por que você está me seguindo?", ou "Por que posso ver você?", e elas sempre permaneciam mudas. Muitas vezes, desapareciam quando eu começava a fazer indagações.

Voltando a atenção para Wyatt, forcei um sorriso antes de responder:

— Fiquei na Carolina do Norte durante todo o verão, no rancho de cavalos da minha tia.

Wyatt recostou-se na cadeira e balançou a cabeça.

— Eu simplesmente não entendo por que as pessoas iriam querer ficar todo o verão fora, quando vivemos em uma das praias mais bonitas do mundo.

Para mim, não era realmente uma escolha, mas eu não queria

explicar o motivo nem a Wyatt nem a ninguém. Mais alunos começaram a entrar na sala, seguidos por nosso professor de Literatura Inglesa, o sr. Brown.

— Wyatt, e aí, magrelo? — Justin Gregory gritou, vindo em nossa direção. Ele jogou a mochila na mesa em frente ao amigo. Por aquele instante, a atenção de Wyatt desviou-se de mim graças à interrupção de Justin. Quando me virei para a frente da classe, meus olhos mais uma vez encontraram o fantasma. Encostado na parede diretamente na diagonal em relação à minha mesa, ele ficou me observando. Olhei feio para ele, que pareceu achar divertida a minha antipatia óbvia. Sua covinha apareceu e eu odiei o fato de achá-la sexy. Aquilo ali não era um humano; bem, não mais. Foi preciso muita força de vontade para desviar meu olhar dele e focar a atenção no quadro, onde o sr. Brown havia escrito nossa tarefa. Eu sempre tinha ignorado esses espíritos irritantes antes e eles tinham ido embora. Só teria que superar o fato de que esse conseguia falar comigo. Se não o ignorasse, eu ficaria refém de sua assombração.

— Odeio, quero dizer, eu odeio, tipo, grandão — Miranda resmungou enquanto largava a bandeja do almoço na mesa com um estrondo. — Já que eu tinha que ficar sentada durante toda a aula de Álgebra e a de Química, a manhã toda, no mínimo, eu merecia um colírio para os olhos em uma das duas, mas nããããão! Fiquei com Gretchen com suas fungadas implacáveis e Craig com seus problemas de gases.

Engasguei com o sanduíche e peguei minha garrafa de água para tomar um gole rápido e engolir a comida. Assim que tive certeza de que não iria morrer sufocada, olhei para o rosto preocupado de Miranda.

— Você tem que dizer coisas assim quando estou de boca cheia? — perguntei.

Ela encolheu os ombros.

— Desculpe, só estou comentando. Eu não queria que você se esquecesse de mastigar a comida. — Ela estendeu a mão e apertou meu braço. — Lá se vai a perfeição dele agora. Você acha que ele vai voltar a ficar com a Kendra este ano? Quero dizer, eles realmente terminaram feio no ano passado, com todas as traições e tudo mais. Com certeza ele vai partir pra outra.

Dei outra mordida no sanduíche, não querendo responder. Eu não me importava com quem Leif Montgomery ficaria, mas, sim, eu tinha certeza de que ele voltaria com Kendra. Acontece que eles eram o "casal de ouro". Todos sabiam e esperavam por isso. Eles pertenciam a uma categoria de pessoas que sempre fazia jus à fama.

— Puxe a língua de volta para dentro da boca, Miranda. Você parece um cachorro precisando de água. — Wyatt sentou-se à nossa frente, rindo de sua própria piada, e Miranda fez uma careta para ele.

— Não estou com a língua de fora, muito obrigada.

Wyatt piscou para mim e encolheu os ombros.

— Pra mim, pareceu que estava. O que você acha, Pagan, ela estava babando ou o quê?

Dei mais uma mordida no sanduíche. Eu não ia me meter nesse assunto. Wyatt começou a rir quando apontei para minha boca cheia. Miranda me deu uma cotovelada na lateral do corpo.

— Não fique do lado dele. Ele é malvado.

Com um grande gole d'água, engoli meu sanduíche e depois olhei fixamente para Miranda e falei:

— Vocês dois podem discutir isso o quanto quiserem, mas eu não vou me meter. Desde que decidiram levar a amizade um passo adiante no ano passado e as coisas desabaram sobre a cabeça de vocês, tudo o que querem fazer é dar um tiro um no outro. Essa briga não é minha. Me deixem em paz.

Rapidamente dei outra mordida para que não fosse requisitada a dizer mais nada. Minha vida se tornaria mais fácil quando os dois percebessem que um estava deixando o outro maluco porque não haviam se superado. Aí, novamente, eu seria a garota sozinha. Meu namorado Jay Potts havia se mudado meses atrás e eu não falava com ele desde antes de ir para a casa da minha tia passar o verão.

— A questão não é essa! Eu não dava a mínima que ele não conseguisse manter a língua fora da garganta da Katie quando eu não estava olhando — Miranda disse com raiva.

— Eu não coloquei a língua na garganta de ninguém além da sua, Miranda, mas você não acredita em mim e estou cansado de me defender. — Wyatt se levantou, pegou sua bandeja de comida intacta e se afastou.

— Idiota — ela murmurou, observando-o se mudar para a mesa dos atletas.

Eu odiava vê-los assim. Nós três éramos amigos desde o terceiro ano. Naquela época, Wyatt era só pernas e braços compridos. Agora, ele era mais alto do que todos com seu corpo longo e musculoso. Miranda não tinha ficado imune às qualidades repentinas de pegador que ele tinha adquirido no ano anterior. Agora, porém, ela não o suportava.

— Escute, Miranda, eu estava pensando... talvez, se vocês dois falassem sobre o que aconteceu sem você acusá-lo, as coisas pudessem dar certo. — Eu já tinha tentado isso antes, mas ela sempre me ignorava.

Como era de se esperar, ela começou a balançar a cabeça em negativa, fazendo seus cachos castanhos balançarem de um lado para o outro.

— Eu sei o que aconteceu, Pagan. Não quero conversar sobre isso com ele. Ele é um grande mentiroso traidor. — Miranda deu uma mordida violenta em sua maçã e continuou olhando na direção de Wyatt. — Olha ele agindo como se coubesse naquela mesa. Quero dizer, sério, quem ele pensa que é?

Segui seu olhar. Wyatt sentava-se recostado em uma cadeira, rindo de algo que outro jogador de basquete estava dizendo. Todos pareciam satisfeitos por ter Wyatt com eles. Normalmente, ele se sentava com a gente, mas esse ano as coisas seriam diferentes. Suspirei, desejando não ter que ser eu a apontar o óbvio para Miranda.

— Ele é o único cara nesta escola que está na mira dos olheiros de basquete. Ele é esse tipo de pessoa. Leif pode ser o grande astro no campo de futebol americano, mas não vejo nenhum olheiro universitário batendo em sua porta. Você pode estar brava com o Wyatt, mas ele pertence àquela mesa mais do que qualquer outra pessoa.

Miranda voltou o olhar para mim e instantaneamente ele se transformou em uma cara fechada.

— Bem, então ele pode ir para a faculdade com uma bolsa de

estudos para jogar basquete e trair todas aquelas líderes de torcida. Preciso avisar todas elas. — Sua voz adquiriu um tom derrotado ao se levantar e caminhar em direção às latas de lixo. Eu a observei, desejando poder encontrar uma maneira de consertar essa situação entre os dois.

Alguém se sentou ao meu lado na cadeira que Miranda tinha acabado de desocupar. Eu me virei no assento, meio que esperando ver a alma. Imagine minha surpresa quando não era a alma indesejada, mas o atleta arrogante.

CAPÍTULO 2

— Ei, Pagan, o sr. Yorkley disse que eu precisava falar com você.

A voz de Leif pareceu me tirar do choque momentâneo. Se o sr. Yorkley o tinha enviado, ele precisava de algum tipo de ajuda acadêmica. No entanto, eu não tinha certeza se queria ajudar, nem tinha a intenção de facilitar para ele. Consegui fazer uma expressão de "e daí?" e esperei em silêncio. Leif pigarreou e esfregou as mãos nos joelhos da calça jeans, como se na verdade estivesse nervoso.

— Uh, hum, bem — começou —, quer dizer, isto é, preciso de ajuda na aula de Retórica. Não é minha praia e o sr. Yorkley falou que você era a pessoa certa para me ajudar.

Ele olhava para a frente enquanto falava. Nem mesmo olhava por cima de mim. Eu realmente não gostava desse cara. Ele enfim voltou seu olhar na minha direção. Eu tinha certeza de que ele concedia essa expressão lamentavelmente esperançosa às garotas em todos os lugares, só para conseguir o que queria. Meu estômago me traiu e estremeceu com o efeito que seus olhos azul-bebê suplicantes evocavam. Eu odiava que ele conseguisse fazer meu corpo reagir a ele de forma diferente de vomitar, é claro.

— Estamos no primeiro dia de aula. Como você já pode precisar de ajuda? — perguntei com um tom que eu esperava que parecesse irritado. Eu não era uma idiota afetada que poderia ser comovida por umas piscadelas de seus longos cílios, mesmo que meu corpo traiçoeiro não parecesse concordar. Com certeza eu só estava imaginando o leve rubor nas bochechas dele.

— Hum, sim, eu sei, mas eu... bem, a gente está falando do sr. Yorkley e sei que vou ter dificuldade — disse ele, um pouco na defensiva. Leif sempre foi um bom aluno. Eu já tinha feito algumas aulas com ele.

— Por que acham que você vai ter dificuldade? Com certeza, você não tem medo de falar em público na aula.

Ele balançou a cabeça e olhou para a frente de novo.

— Não, não é isso.

Esperei, mas ele não disse mais nada. Curiosamente, fiquei intrigada.

— De verdade, não sei por que você precisa da minha ajuda. É muito simples. Você escreve o texto sobre os tópicos que recebeu e depois fala pra turma. Simples, básico, sem sequências extravagantes ou equações difíceis.

Ele voltou o olhar para mim com um sorriso triste.

— Pra mim, não é tão fácil. — Leif parou por um instante e agiu como se quisesse dizer mais, mas balançou a cabeça e se levantou. — Deixa pra lá, esqueça que perguntei.

Eu o observei passar pela mesa de seus fãs cheios de admiração e sair pela porta dupla. Senti uma pontada de culpa por ser tão dura com ele. Leif tinha vindo pedir ajuda e eu basicamente tinha acabado de zombar dele. Peguei minha bandeja, com raiva de mim mesma por agir como uma idiota. Aliás, "idiota" era uma descrição do que ele era normalmente, não eu.

Minha mochila pousou no balcão da cozinha com um baque pesado, anunciando meu retorno. Fui para a geladeira. O suco de laranja natural que eu tinha me esforçado tanto para fazer ontem parecia bom.

— Pagan, querida, é você? — a voz da minha mãe chamou do corredor. Ela estava encolhida no canto do seu escritório com uma grande xícara de café, digitando sem parar no computador. Eu não precisava vê-la para saber disso. Minha mãe era escritora. Ela vivia de moletom manchado, sempre na frente do computador.

— Sou.

Antes que eu pudesse me servir de um copo de suco de laranja, o som de seus chinelos batendo no chão de madeira me surpreendeu. Era uma ocorrência estranha. Raramente ela parava de escrever quando eu voltava da escola. Era mais comum que me agraciasse com sua presença quando já estávamos mais perto da hora do jantar.

— Bom, estou feliz que tenha vindo direto para casa. Preciso falar com você e depois tenho que me vestir. — Ela apontou para a calça de moletom folgada e uma grande camiseta do Atlanta Braves. — Vou jantar com Roger, mas não se preocupe, vou deixar dinheiro para você pedir uma pizza. — Ela puxou uma banqueta alta, e seu rosto amigável ficou sério. Também não era sério do tipo bom. Não, era o tipo de rosto sério que eu reconhecia, mas raramente tinha que lidar com ele.

— O quê? — perguntei enquanto colocava meu copo na mesa.

As costas da minha mãe ficaram mais rígidas quando ela limpou a garganta. A cara fechada de "estou decepcionada com você" virava o canto de seus lábios para baixo. Rapidamente vasculhei meu cérebro, tentando pensar em algo que eu poderia ter feito para aborrecê-la, mas nada me ocorreu.

— Recebi uma ligação, bem no meio do capítulo quinze. Era o sr. Yorkley.

Oh-oh, ela sabia sobre Leif.

— Do sr. Yorkley? — fingi que não sabia do que se tratava.

Ela confirmou e inclinou a cabeça para o lado, como se estivesse me estudando para ver se acreditava que eu realmente não tinha ideia de por que meu professor tinha ligado. A inclinação da cabeça sempre me deixava nervosa. Eu me preparei. Ela estava prestes a me dar um sermão. Eu tinha sido uma idiota, mas, em minha defesa, não foi como se eu tivesse causado qualquer dano. Eu estava zombando do reizinho da turma, não de alguém com baixa autoestima.

— Aparentemente, há um jovem com transtorno de aprendizagem que recebeu instruções de procurar você para uma aula de reforço. Você se inscreveu como tutora este ano para obter créditos extras. Minha pergunta é: por que, Pagan, você não ajudaria um aluno de sua escola que enfrenta algo tão sério quanto a dislexia? O menino, segundo me disseram, tem a oportunidade de receber uma bolsa de estudos por causa das habilidades atléticas, mas o transtorno exige que ele receba reforço em certas aulas. Ele precisa de alguém para ajudá-lo a colocar no papel o texto das apresentações da aula de Retórica. Não me parece que seja pedir muito. Você falou que queria ser tutora este ano. Me explique por que decidiu recusar esse garoto, e estou lhe dizendo agora que é melhor ser um bom motivo. — Ela se recostou e cruzou os braços no peito, em sua postura de "estou esperando".

Leif sofria de dislexia? Era uma piada? A gente tinha estudado na mesma escola pela maior parte da minha vida. Garotas, incluindo Miranda, sabiam tudo sobre ele. Caramba, Miranda uma vez me disse exatamente onde ficava uma marca de nascença que ele tinha.

Não que eu me importasse. Como Leif Montgomery poderia ter dislexia e ninguém saber?

Fiz uma retrospectiva de Leif me pedindo ajuda no refeitório hoje e a maneira como agi. A revelação de que ele lidava com algo como a dislexia e ainda conseguia tirar notas tão boas me incomodou. Eu não tinha certeza de por qual motivo exatamente, mas me incomodava. Gostava de pensar nele como um atleta. Alguém sobre quem baldes de boa sorte eram derramados. Agora, tudo que eu conseguia pensar era na maneira como ele parecia naquele dia, mais cedo, quando tinha vindo me pedir ajuda. Um nó de enjoo se firmou na boca do meu estômago.

Olhei para minha mãe e balancei a cabeça lentamente.

— Eu não fazia ideia de que ele tinha transtorno de aprendizagem. Ele é sempre tão arrogante e seguro de si. Fiquei surpresa por ele ter vindo me pedir ajuda e imediatamente questionei por que ele, dentre todas as pessoas, precisaria de reforço.

Minha mãe se inclinou para a frente na banqueta e sua cara fechada relaxou um pouco.

— Bem, você pode resolver isso. A filha que eu criei teria mais compaixão.

Balancei a cabeça e peguei a mochila.

— Eu sei e sinto muito. Pode deixar que eu resolvo.

Ela pareceu satisfeita.

— Não gosto de receber ligações da escola sobre você. Ainda mais quando estou escrevendo uma cena de crime intensa.

Sorri e coloquei meu copo na lava-louça antes de me virar para ela.

— Desculpe, vou tentar me lembrar disso. Então, segundo encontro com esse tal de Roger?

Ela corou.

— É, parece que ele e eu conseguimos conversar por horas. Amo a mente dele. Roger viajou por todo o mundo. Minha imaginação sempre começa a girar quando ele fala de lugares e coisas que nunca vi. — Ela deu de ombros. — Você me conhece, estou sempre pensando em uma história por trás de tudo.

Ergui as sobrancelhas e me inclinei para perto dela.

— E ele é uma delicinha.

Minha mãe riu, o que não era um som típico, vindo dela.

— Ah, mas, bem, não é por isso que eu gosto dele. É a mente e a conversa.

Eu ri alto.

— Claro que é, mãe, continue contando essa mentira para si mesma.

— Tudo bem, ele é bem atraente.

— Mãe, ele é uma delicinha e você sabe disso. Tá, admito, ele é um velho delicinha, mas mesmo assim.

— Ele não é velho. Ele tem a minha idade.

— Exatamente.

Observei sua tentativa de parecer magoada antes de desistir e rir.

— Tudo bem, estou velha. Seu dinheiro vai estar no balcão quando você quiser pedir a pizza.

Ficar em casa sozinha não era algo de que eu gostava. Quando estava desacompanhada, as almas que eu via vagando sem rumo me incomodavam. Em especial porque hoje, eu tinha *conversado* com uma. Era mais fácil me lembrar de que eram inofensivas quando ficavam mudas. Agora eu estava um pouco assustada. Assim que fechei a porta do quarto, peguei o celular do bolso e liguei para Miranda.

— Deixe-me ver se entendi direito. — Miranda se sentou no sofá com um pedaço de pizza na mão e um refrigerante entre as pernas, olhando para mim. — Leif "gostoso-de-derreter-corações" Montgomery pediu para você o ajudar no seminário e você recusou? Você é tão louca quanto estou achando que é? Quer dizer, fala sério, Pagan, pensei que a loucura de que você tanto se gabava era apenas para se exibir e que, no fundo, você tinha um pouco de bom senso.

Frustrada, coloquei um pedaço de pizza no prato na minha frente.

— Vou resolver isso amanhã de manhã. Até parece que roubei um banco. Pare de fazer tanta tempestade em copo d'água. Eu sei que estraguei tudo. Ele realmente precisava de ajuda, e me inscrevi como tutora. Se eu quiser os créditos extras, tenho que ajudar aqueles que o sr. Yorkley manda vir falar comigo.

Miranda revirou os olhos.

— Oh, e Deus me livre de ele mandar o garoto mais gostoso da cidade para você! Quero dizer, pelo amor de Deus, qual é o seu problema?

Era impossível não encontrar diversão em todo aquele drama. Miranda nunca deixava de fazer a gente sorrir das pequenas coisas, transformando tudo em um espetáculo dramático.

— Errei por não oferecer ajuda. Acho que meu preconceito em relação aos atletas atrapalhou, mas não vou ajudá-lo só porque você acha que ele é gostoso. Eu só vou fazer isso porque ele realmente precisa de ajuda e me inscrevi para ajudar a quem precisa.

Miranda revirou os olhos e congelou, segurando a pizza no ar entre o prato e a boca.

— Espere... ele vai, tipo, vir à sua casa e tal? Porque, se for, eu também quero estar aqui. Ele pode me notar e perceber que está perdidamente apaixonado por mim e então podemos namorar durante o ensino médio e, depois da formatura, podemos nos casar e ter filhos.

Refrigerante espirrou da minha boca e cobriu meu prato de pizza.

— O quê? — Ela sorriu e encolheu os ombros. Em seguida, deu uma mordida em sua fatia de pizza, que pelo menos estava livre de refrigerante.

— Para início de conversa, você precisa terminar a faculdade antes mesmo de pensar em se casar e ter filhos. E NÃO, ele não virá aqui. Mesmo se ele viesse, eu não deixaria você estar aqui depois de um comentário tão maluco. A última coisa que quero fazer é arranjar pra minha amiga ficar com um cara com quem ela está fantasiando sobre casamento e filhos logo depois de terminar o ensino médio.

Miranda suspirou em derrota e me mostrou sua expressão de sobrancelhas franzidas, fazendo beicinho, uma cara em que ela era ótima.

— Você não é divertida, Pagan, não é nadinha divertida.

Peguei outro pedaço de pizza da caixa que tinha colocado na mesa de centro.

— Sério? Então, por que você me mantém por perto? — perguntei.

— Porque eu amo você!

— Amo você também.

Miranda se levantou.

— Odeio a ideia de deixar todo o aconchego caloroso dessa conversa, mas eu preciso fazer xixi. — Ela pulou do sofá e seguiu o corredor em direção ao banheiro.

Miranda sempre segurava até o último minuto. Fiquei pensando que ela iria superar à medida que ganhávamos mais idade, mas não foi o que aconteceu. Quando ela decidia que precisava ir ao banheiro, era sempre uma corrida maluca.

— Amiga interessante que você tem aí. Ela é muito divertida.

A pizza que eu estava levantando em direção à boca caiu das minhas mãos e pousou no meu colo. Segurei o grito na garganta. Ele me assustou, mas reconheci o sotaque marcado e grave.

A alma falante sentou-se em uma das minhas banquetas. Simplesmente ótimo. O cara morto realmente sexy, mas assustador porque sabia falar, devia ter me seguido até em casa.

— Por que você está aqui? — questionei, querendo que ele me deixasse em paz e fosse assombrar outro lugar. A intensidade de seu olhar firme fez meu pulso saltar de nervosismo, ou talvez uma descrição melhor fosse medo.

— Não posso te dizer isso. Agora não é a hora, mas posso dizer que não vou embora tão cedo.

Depois de uma olhada rápida para ver se Miranda estava voltando, eu o encarei.

— Por quê? Se eu te ignorar, você e todas as outras almas, vocês sempre vão embora.

Ele franziu a testa, inclinou-se para a frente e me observou com atenção.

— O que você quer dizer com ignorar "as outras almas"?

Não me sentindo muito segura sentada no chão e olhando para ele, tirei a pizza do meu colo e me levantei para que pudesse estar no mesmo nível de seus olhos.

— Você não é especial. Tenho visto fantasmas, almas ou espíritos, ou seja lá o que você for, por toda a minha vida. As almas estão por toda parte: na minha casa, na rua, nas lojas, na casa dos outros; sempre consigo vê-las. Eu apenas as ignoro e elas vão embora.

Ele se levantou lentamente e deu um passo em minha direção. Sua altura era intimidante, mas a proximidade teria me feito recuar, mesmo que ele fosse baixo.

— Você vê almas?

— Eu posso te ver, não posso?

Ele balançou a cabeça lentamente.

— Sim, mas sou diferente. Você deveria me ver. É mais fácil assim, mas as outras... você não deveria vê-las.

A porta do banheiro se abriu com um clique. Virei a cabeça para ver Miranda retornando com um sorriso no rosto.

— Você estava falando sozinha agora?

Dei de ombros e forcei um sorriso.

— Hum, sim.

Ela riu e se sentou no sofá. Respirei fundo e olhei para trás, para a alma que havia voltado para o mesmo banco de vime branco da cozinha e continuava me observando. A única maneira de encerrar essa conversa e fazê-la ir embora seria mandando Miranda para casa. Falar com uma alma que ela não conseguia ver não seria muito bom. Minha capacidade de enxergar os fantasmas não era algo que eu tinha contado para ela, e não pretendia começar agora.

O fantasma parecia estar esperando que eu tomasse uma decisão. A ideia de ficar sozinha com ele me assustava. Ele podia ser sexy, mas estava morto e tinha me seguido para casa. Assustador nem começava a descrever a situação. Permitir que Miranda me deixasse ali sozinha não entraria nos planos naquela noite. Coloquei alguma distância entre mim e a alma, caminhando até o sofá para me sentar ao lado de Miranda.

— Quer assistir *The Vampire Diaries*? Tenho os dois últimos episódios gravados — perguntei a ela, esperando que a alma entendesse a dica e desaparecesse.

— OH! Sim, perdi na semana passada.

Peguei o controle remoto, examinei os programas gravados na minha lista de DVR e cliquei em reproduzir. Eu precisava desviar minha mente do cara morto na sala. Depois de pelo menos dez minutos ouvindo Miranda babar pelo Damon e reclamar da Elena, eu segurei minha respiração e arrisquei uma espiada na direção do espírito. O banquinho onde ele estava sentado agora se encontrava vazio. Soltei um suspiro de alívio.

Durante toda a manhã, fiquei repetindo exatamente o que diria a Leif. Eu não tinha certeza se deveria contar que eu sabia sobre a dislexia, ou se deveria apenas falar que poderíamos começar assim que ele estivesse pronto e pular as explicações. Eu também me preparei para ele me dizer que não precisava mais da minha ajuda. Se já tivesse conseguido encontrar outro tutor, toda essa confusão estaria acabada. Eu não seria forçada a ajudar alguém de quem realmente não gostava, mas seria um golpe negativo nos meus créditos extras. De um jeito ou de outro, eu saía perdendo nessa situação. Isso também não era algo que eu queria fazer com Miranda ao meu lado, piscando sedutoramente e rindo quando ele falava. Afinal, o tempo seria de extrema importância. Depois de Química, no corredor, esperei que ele saísse da única aula que fazíamos juntos naquele semestre. Felizmente, ele saiu sozinho.

— Hum, Leif, posso falar com você um minuto? — indaguei assim que ele saiu pela porta.

Ele olhou para mim e um franzido imediatamente vincou sua testa. Ele parecia estar pensando seriamente em se afastar e me ignorar quando se virou e caminhou até ficar diante de mim. Encostado na parede, ele cruzou os braços na frente do peito e esperou. Tive a sensação de que não iria facilitar.

— Sobre ontem, sinto muito pela grosseria quando você me pediu ajuda. Eu me inscrevi como tutora para créditos extras e não deveria ter te tratado daquela maneira. — Parei e hesitei, esperando que ele falasse alguma coisa. Ele não se moveu nem fez menção de agir como se fosse responder. Respirei fundo e me lembrei de que aquilo era culpa minha. — Se você ainda quiser que eu seja sua tutora, eu ficaria feliz — concluí, embora não muito feliz, mas parecia algo educado a se dizer, e seu olhar silencioso tinha acabado me deixando nervosa.

Ele parecia entediado e era preciso extremo autocontrole para não ficar brava com ele e ir embora. Lembrar exatamente de como eu tinha sido sem educação no dia anterior ajudava a permanecer esperando pacientemente por sua resposta. Ele se endireitou e olhou para o corredor por cima do meu ombro como se não estivesse considerando de verdade o que eu tinha acabado de dizer.

Bem quando tive certeza de que ele não queria mais minha ajuda, ele focou a expressão entediada em mim e perguntou:

— Você está oferecendo por causa do sr. Yorkley? Ele obrigou você?

Pensei nas palavras da minha mãe ontem e me perguntei. Se ela não tivesse insistido para que eu "resolvesse", será que eu estaria oferecendo minha ajuda agora? Esse cara popular, talentoso e venerado havia confiado em mim seu segredo. Eu não gostava dele. Caramba, eu não o conhecia, mas por algum motivo queria ajudá-lo.

— Eu agi da maneira que agi só porque não gosto muito de você. Estava errada e, sinceramente, nem te conheço bem o suficiente para formar uma opinião a seu respeito. Estou me oferecendo para ajudar porque você precisa. Foi para isso que me inscrevi e é por isso que estou aqui agora.

Ele pareceu pensar no que eu tinha dito por um momento, e então um pequeno sorriso apareceu em seu rosto.

— Então você não gosta de mim?

Eu me endireitei um pouco e puxei meus livros para mais junto do peito, sentindo-me assumir uma postura defensiva. De forma surpreendente, tinha sido bem difícil receber um de seus sorrisos encantadores. Ainda mais depois de eu admitir que não gostava dele. Por que ele tinha que ser tão frustrantemente fofo? Fiz um pequeno movimento negativo com a cabeça e ele riu.

— Bem, talvez tenhamos que trabalhar para fazer você mudar de ideia. — Ele deslizou a mochila mais para cima no ombro e me lançou outro sorriso. — Vejo você mais tarde.

Ele se afastou, deixando-me um pouco confusa. Lutei contra a vontade de me virar e vê-lo sair andando. Um barulho lento de palmas me assustou e me virei para ver a alma falante encostada nos armários com aquele sorriso assimétrico e maldito.

— Impressionante. Uma mulher com coragem suficiente para admitir que pode estar errada, pedir desculpas e se oferecer para corrigir a situação.

Revirei os olhos e suspirei, sabendo que o corredor não estava completamente vazio, então responder não seria possível.

— Vá embora — sibilei mesmo assim, antes de me virar e seguir para o refeitório.

CAPÍTULO 3

Eu estava em pé na sala de estar da minha casa, frustrada por perder o controle da situação, quando encontrei Leif. Tinha visitado a biblioteca, preparada para programar nossas aulas particulares, e até fiz anotações no caderno que o sr. Yorkley deu a todos os tutores. Tive o trabalho de criar um cronograma para Leif usar, anotando os dias e horários das nossas sessões. Escrevi instruções para ele sobre o que levar e como fazer anotações na aula. Tudo parecia certo e definido; no entanto, nada saiu como planejado. Eu não tinha levado em consideração que estudar com Leif no último período seria impossível, pois todos os jogadores de futebol americano precisavam se apresentar em campo nesse horário. Eu também não tinha pensado em seus treinos à tarde nem no emprego noturno que ele tinha na loja de surf do tio. A campainha tocou antes que eu pudesse ficar mais chateada por nada ter acontecido da maneira como eu havia planejado. Não consegui evitar minha irritação ao abrir a porta.

Leif sorriu sem jeito.

— Desculpa mesmo por isso. Eu me sinto mal por você ter que se adaptar à minha programação. Sei que sete da noite é tarde e, bem, me desculpe por isso.

A raiva que fui acumulando dentro de mim durante todo o fim do dia, enquanto eu pensava em ter que me adaptar a Leif, evaporou. Ele parecia sincero e um pouco nervoso, mas não era assim que eu esperava que agisse. Onde estava sua arrogância? Ele era sempre tão gentil? Com certeza não. O cara tinha namorado a bruxa malvada da costa Sul por dois anos.

Eu recuei para deixá-lo entrar.

— Não tem problema. Vá em frente e sente-se à mesa e eu vou pegar algo para a gente beber. Você gosta de cerveja-de-raiz?[1] — perguntei, caminhando em direção à geladeira para não ter que olhar para ele.

— Seria ótimo, obrigado.

Demorei, tirando os refrigerantes da geladeira e abrindo-os antes de voltar para a mesa da cozinha. Seria a primeira vez que eu realmente conversaria com Leif, além das breves trocas de palavra daquele dia e do anterior.

— Trouxe a programação das aulas e tudo o que se espera nesse curso. Tenho uma semana até a primeira apresentação e precisa ser sobre algum tema em que eu acredite fortemente.

Certo. Eu era uma tutora. Eu conseguiria. Ele era apenas mais um aluno que precisava da minha ajuda.

— Então, precisamos decidir pelo que você é apaixonado. — Ele riu e eu ergui os olhos de seu plano de estudos. — O quê? — perguntei, ao ver sua expressão de divertimento.

— Algo pelo qual eu seja apaixonado?

Revirei os olhos e levantei o plano de estudos.

— Você sabe, algo de que você goste muito porque acredita fortemente. Tipo seu propósito ou plataforma.

Ele acenou com a cabeça com seu sorriso divertido ainda no lugar.

— "Apaixonado", gostei dessa ideia. Vamos pensar em algo que me apaixone.

Não era algo que ele deveria demorar muito para responder. Algum assunto de futebol americano ou relacionado a esportes devia estar girando na sua cabeça. Estendi a mão para abrir o caderno.

— Tem alguma ideia? — indaguei.

Ele parecia perdido em pensamentos, o que me surpreendeu um pouco. A qual profundidade alguém poderia chegar quando pensava em futebol americano?

— A importância da adoção.

Comecei a escrever a resposta dele enquanto assimilava suas palavras lentamente. Adoção? Ele queria escrever sobre adoção?

---

1 "Cerveja-de-raiz" é uma bebida doce típica da América do Norte, geralmente não alcoólica, sem cafeína e gaseificada, feita com a raiz da planta sassafrás. (N. T.)

— Tudo bem — respondi, me perguntando se ele pretendia elaborar melhor a ideia de por que gostaria de fazer uma dissertação com esse tema. Eu concordava totalmente com ele, mas como o sr. Popular poderia ser apaixonado por algo tão relevante?

Ele fitou o lápis na mão e o girou para frente e para trás entre os dedos. Percebi que estava decidindo como me explicar por que queria escrever sobre adoção. Então tratei de manter a boca fechada e esperar. Por fim, ele olhou para mim.

— Fui adotado depois de morar em lares adotivos por cinco anos. Quando fiz nove anos, eu já tinha perdido a esperança de ter uma família, porque a maioria das pessoas quer bebês. Eu tive uma chance com a qual a maioria das crianças órfãs de nove anos apenas sonha.

Se ele tivesse falado comigo em chinês fluente, eu não teria ficado mais chocada. Adotado? Leif Montgomery? Sério?

— Nossa, eu não fazia ideia. Eu, hum, consigo entender por que esse seria um tema importante para você.

Quando eu disse que não conhecia Leif Montgomery, não tinha percebido como minhas palavras poderiam representar fielmente a realidade. O garotinho em um lar adotivo sem pais e com transtorno de aprendizagem não parecia se encaixar no cara que andava pelos corredores da escola Harbor High como o rei. As características que eu não gostava em Leif agora pareciam conquistas impressionantes. Era possível que eu o tivesse lhe dado um rótulo errado? Atletas fúteis não superavam as adversidades e conquistavam as coisas que Leif tinha conquistado. Eu o havia rotulado sem nem mesmo conhecer. Só porque as garotas ficavam loucas por ele e todo garoto queria ser ele, Leif não era automaticamente um idiota. A única pessoa idiota naquela sala era a garota elitista e preconceituosa. Eu.

— Você ouviu a parte em que fui adotado, certo? — Sua voz interrompeu meus pensamentos e olhei para ele, confusa. Um sorriso apareceu em seus lábios. — Você parece tão perturbada que achei que talvez não tenha ouvido a parte do final feliz.

— Desculpa. É que, bem, eu não esperava por isso. Você meio que me surpreendeu.

Ele se recostou na cadeira.

— Parece que você já tinha muitas ideias no que diz respeito a mim. Com certeza você já pensou muito sobre alguém de quem não gosta tanto assim.

Meu rosto foi ficando quente e eu sabia que começava a ganhar um tom forte de vermelho.

— Quem sabe, Pagan, você pode acabar gostando de mim antes que isso acabe.

Levamos três noites consecutivas de aulas particulares para prepararmos a apresentação. Também levei apenas três noites para perceber que realmente gostava do quarterback estrela de Harbor High. Leif Montgomery não era nada do que eu sempre tinha pensado. Ainda me sentia culpada pelo estereótipo que havia criado sobre ele. Apesar disso, só porque passávamos duas horas juntos todas as noites, nada mudou na escola. Embora Leif sorrisse e acenasse com a cabeça quando nos víamos nos corredores, não parecíamos ter, no dia a dia da escola, aquele tipo de amizade descontraída que parecíamos ter durante as aulas particulares.

— Belê, entããão, o lance é o seguinte: Wyatt e eu andamos conversado um pouco e ele me convidou para o baile. E isso significa que você terá que arranjar um garoto pra você ir também. Sei que tínhamos planejado ir ao cinema nessa noite, mas, bem... — Miranda piscou para mim do outro lado da mesa.

— Fico muito feliz em saber que você e Wyatt estejam se reconciliando. Eu odiava ver vocês dois bravos um com o outro.

— Eu também. Foi uma droga, não foi? — intrometeu-se Wyatt, enquanto se sentava ao lado de Miranda. Ela sorriu para ele e de repente me senti um pouco excluída.

— E a Pagan precisa de um par para ir também. Não podemos ir sem ela — disse Miranda, sorrindo para Wyatt.

— Tenho certeza de que Pagan pode conseguir um par, se quiser. — Ele deu uma mordida em seu hambúrguer.

Eu sabia que ele pretendia fazer o melhor para controlar as ideias que Miranda tinha de me juntar com alguém. Dei a Wyatt um sorriso agradecido.

— Não há ninguém com quem eu realmente queira ir. — Isso era mentira e eu sabia.

Obriguei-me a não olhar para a mesa de Leif, porque isso me denunciaria. Wyatt, no entanto, olhou para a mesa e de volta para mim com um sorriso malicioso. Felizmente, Miranda não percebeu a indireta sutil, e Wyatt decidiu não verbalizar seus pensamentos. A última coisa de que eu precisava era Miranda percebendo meu interesse por Leif.

— Mas sem você não vai ser divertido. — Miranda fez beicinho. Tomei outro gole do meu chá. Eu não queria discutir com ela sobre isso. — Qual é, Pagan, já se passaram seis meses desde que Jay foi embora. Também sentimos falta dele, mas ele foi morar em outra cidade. Você precisa começar a sair com outras pessoas.

Foi a primeira vez que a menção ao meu ex-namorado não me deixou triste. Comecei a namorar com ele no nono ano e ele estava no segundo do ensino médio. Após a formatura, em maio passado, ele foi para a faculdade e os pais se mudaram para outro estado. Nós dois concordamos que um relacionamento à distância seria muito difícil e então terminamos. No começo, eu fiquei perdida. Achei que fosse um caso de desilusão amorosa. Não demorei muito para perceber que sentia falta do conforto do nosso relacionamento. No fundo, éramos apenas bons amigos. Gostávamos das mesmas coisas e nos importávamos com as mesmas coisas.

— Não é por causa do Jay. Eu simplesmente não conheci ninguém que me interesse.

O sorriso de Wyatt ficou maior quando deu outra mordida no hambúrguer. Se ele não tomasse cuidado, eu o estrangularia até aquele sorriso bobo sair de seu rosto.

Miranda suspirou exasperada.

— É uma pena que você passe todas as noites com Leif Montgomery, sendo que você nem gosta dele. Eu simplesmente não entendo.

Wyatt ergueu as sobrancelhas para ela e franziu a testa.

— O que você está dizendo, Miranda?

Ela franziu os lábios e tentou fazer cara de paisagem.

— Ah, fala sério, Wyatt, você sabe que eu te amo. — Ele se abaixou e deu um beijinho nos lábios dela antes de voltar a comer. Ela direcionou sua atenção para mim com um sorriso bobo, e eu senti vontade de rir. — Só estou dizendo que, se você pudesse superar a antipatia que tem por ele, seria uma excelente oportunidade.

Pensei por um minuto em continuar deixando-a pensar que eu realmente não gostava de Leif. De alguma forma, parecia injusto com ele. Leif não merecia minha antipatia, e deixar os outros pensarem que eu não gostava dele era errado.

— Eu não desgosto do Leif. Ele não é como eu pensava, eu estava errada. Mesmo assim, também não estou a fim dele.

Levantei os olhos da minha bandeja meio com medo de que Miranda pudesse ter conseguido ler nas entrelinhas, mas, em vez disso, ela parecia um cervo paralisado ao ser iluminado por faróis de carro na estrada. Ela não estava focada em mim, seu olhar estava fixo em algo ou alguém atrás.

— Bem, fico feliz em saber que você não está a fim de mim. É uma preocupação a menos.

Fechei os olhos com força, esperando ter apenas imaginado a voz de Leif. Seu ombro roçou o meu quando ele se sentou ao meu lado e eu lentamente abri os olhos para ver um Wyatt muito risonho me observando. Limpei a garganta e forcei um sorriso insincero, antes de me virar e olhar para Leif.

— Oi — eu disse simplesmente e ele riu, cutucando meu ombro com o braço.

— Relaxa, Pagan, está tudo bem. Sei que me odiava antes, mas foi iluminada pelos deuses e se deu conta de que, afinal, não sou tão ruim. Tá tudo bem.

Resisti ao desejo de suspirar de alívio.

— Então, o que o traz às mesas das classes mais baixas? — Wyatt perguntou, rindo da própria piada.

Leif olhou para ele e ergueu uma sobrancelha, surpreso.

— Ah, você quer dizer que esta é uma mesa das classes baixas? Eu não fazia ideia. Tem o atleta estrela que está na mira dos olheiros das faculdades — ele indicou Wyatt com um aceno da cabeça —, a namorada dele — apontou para Miranda — e a rainha do baile do ano passado — ele concluiu, virando-se para mim.

Revirei os olhos.

— Isso foi só por causa do meu par e você sabe disso.

— Não, eu não sei.

Eu sabia que estava corando e odiava quando isso acontecia. Meu olhar encontrou o de Miranda e percebi que ela estava absorvendo cada palavra. Não era nada bom. Ela não deixaria de notar as minhas bochechas rosadas.

— Precisa de alguma coisa? — indaguei, tentando não parecer que estava sendo sem educação.

Ele sorriu como se pudesse ler minha mente.

— Queria dizer que tirei 10 na minha apresentação.

— Isso é maravilhoso. Era um texto muito bom. Você incluiu um material excelente.

— Sim, mas eu não teria conseguido sem a sua ajuda.

Eu sorri e olhei de volta para minha comida. Eu não tinha contado a ninguém, nem mesmo para Miranda, sobre a dislexia de Leif ou sua adoção. Não eram minhas histórias, então eu não podia contar a outras pessoas.

— Você vai ao jogo hoje à noite? — perguntou Leif, e eu olhei de volta para ele, surpresa com sua pergunta.

— Hum, não, provavelmente não.

Ele franziu a testa, assentiu e se levantou.

— Bem, mais uma vez obrigado. Acho que eu te vejo na segunda-feira, então.

— Ok. Boa sorte hoje à noite — respondi.

Será que eu tinha ferido seus sentimentos por não ir ao jogo? Eu me virei na cadeira, e Wyatt balançou a cabeça.

— O quê? — reagi.

— O coitado não está acostumado a levar um fora — disse ele e tomou um gole do leite.

— Levar um fora? — questionei, confusa.

Ele colocou a caixinha de leite de volta na bandeja e olhou para mim com uma expressão séria, algo que a gente raramente via em Wyatt.

— Ele queria que você fosse ao jogo dele e você disse que não.

Fiz uma careta, tentando lembrar se ele tinha me convidado. Eu tinha certeza de que ele só havia perguntado se eu planejava ir. Em nenhum momento ele me *pediu* para ir.

— Não, ele não queria.

Wyatt riu e balançou a cabeça.

— Namorar Jay arruinou você. Na maioria das vezes, as pessoas não namoram alguém exatamente como elas. Você entendia o Jay porque, como você, ele era direto e sério. Nem todos os caras... não, a maioria dos caras não é assim. — Ele acenou com a cabeça na direção de onde Leif estava conversando com Kendra. — Ele estava convidando, confie em mim. — Wyatt se afastou e eu olhei de volta para Leif.

Kendra enrolava seu longo cabelo loiro em volta do dedo enquanto sorria para ele. Apenas uma semana antes, eu acharia que ele merecia alguém tão superficial e bonito quanto achava que ele era. Agora, eu entendia melhor. Ele olhou para cima e me pegou observando-o. Seus olhos pareciam dizer algo que eu não entendia, mas, antes que eu pudesse descobrir, eles se transformaram e assumiram uma expressão educada. Ele voltou a atenção para Kendra. Confusa e um pouca irritada, peguei minha bandeja e comecei a levantar. Ia dizer a Miranda que a veria mais tarde, quando percebi que ela estava olhando para mim com a boca ligeiramente aberta.

— O quê? — perguntei, um pouco na defensiva, porque sabia pela sua expressão que ela havia percebido.

— Você... gosta... dele — disse ela devagar, como se estivesse maravilhada.

Revirei os olhos e ri.

— Até parece. — Peguei a bandeja e fui para o lixo e para longe dos olhos astutos de Miranda.

— As garotas da sua idade normalmente não saem e fazem coisas no fim de semana?

Dessa vez, não consegui conter o grito de susto que escapou da minha boca. Felizmente, minha mãe não estava em casa para me ouvir. Eu me virei para encontrar a alma falante sentada na minha cama, me observando.

— Você poderia, POR FAVOR, parar de aparecer do nada e fazer meu coração sair pela boca toda vez? E o que você está fazendo no meu quarto? Vá embora!

Para garantir, joguei nele a camisa que estava prestes a pendurar no armário. Isso estava perdendo a graça. Ele precisava parar de me seguir.

Uma de suas sobrancelhas escuras se ergueu.

— Você normalmente não fica tão irritada.

Rosnando alto, caminhei até a janela, abri e depois me virei para ele.

— Voe pra fora daqui, por favor. Fique fora do meu quarto. Eu poderia estar nua!

Uma risada profunda provocou um estranho calor pelo meu corpo. A tontura parecia me afetar, mas só um pouquinho.

— Você quer que eu voe pra fora? Que fofa.

Eu não queria ser fofa, mas também não conseguia mais ficar brava. Uma estranha letargia apoderou-se de mim. Será que era a risada dele que tinha causado aquele calor relaxante no meu corpo?

— Não, não exatamente, mas tenho a capacidade de controlar a ansiedade ou o pânico. Minha risada realmente não teve nada a ver com isso.

Ele acabara de ler meus pensamentos ou eu tinha dito aquilo em voz alta? Ele parecia me achar divertida se seu sorriso fosse indício de qualquer coisa. Outra razão pela qual eu deveria estar furiosa. Estúpido morto falante.

— Saiba que sinto muito por ter assustado você. Não era minha intenção, mas, se eu tivesse aparecido na sua frente, dentro do seu armário, teria sido menos assustador?

Pensei nele aparecendo na minha frente, e uma pequena risada escapou dos meus lábios. Ele estava certo. Eu provavelmente teria desmaiado, mas ele poderia ter experimentado bater na porta antes ou algo assim. Espere, os fantasmas conseguiam bater ou será que o punho simplesmente atravessava a porta?

— Entendo o que você quer dizer — respondi e comecei a fechar a janela, mas decidi não fazer isso. Eu me sentia mais segura com a janela aberta. — Por que você está aqui?

— Por que você está aqui? — ele ecoou.

O cara tinha começado a falar em enigmas?

— Eu moro aqui.

Ele encolheu os ombros.

— Sim, mas você é jovem. Tem amigos. É fim de semana. Eu sei que eles estão se divertindo, então por que você está aqui?

Ótimo, a alma falante agora queria ser intrometida.

— Não estou com vontade de sair.

— Por causa do jogador de futebol americano?

O que ele sabia sobre Leif? Aproximei-me dele e me sentei na poltrona de veludo que mantinha no canto oposto do quarto para ler. Ao que parecia, eu teria que usar minha lábia para fazer o cara sair.

— Na verdade, não, principalmente porque não quero ficar segurando vela pra Miranda e pro Wyatt.

— Mas ela fica te chamando e convidando para você sair com eles. Para mim, parece que ela te quer por perto.

Como ele sabia que ela havia me chamado? Me sentei mais ereta na poltrona e coloquei os pés embaixo do corpo, tentando acalmar um pouco a raiva por ele ficar mexericando, mas não consegui.

— Você anda me vigiando? — indaguei, estudando sua expressão em busca de qualquer sinal de mentira.

Ele me deu um sorriso malicioso, colocou as mãos atrás da cabeça e se deitou.

— Há semanas, Pagan, há semanas.

Semanas? Abri a boca e depois fechei sem saber o que dizer. Ele tinha me visto nua? Será que eu realmente queria saber se ele tinha visto ou não? Como ele se escondia de mim? Ele ficava no meu quarto quando eu estava dormindo? Balancei a cabeça, tentando apagar as perguntas que se atropelavam na minha mente.

— Vejo você mais tarde. Sua mãe está em casa.

Levantei o olhar bruscamente. Eu estava com a cabeça baixa, o olhar fixo nas mãos que eu estava retorcendo no colo com nervosismo, mas minha cama estava vazia.

— PAGAN! Venha me ajudar a levar as compras para dentro! — minha mãe chamou ao pé da escada. Suspirei e me levantei, olhando mais uma vez para a minha cama vazia, antes de descer correndo para ajudá-la a descarregar o carro.

O sono não veio fácil no fim de semana. Até dormi com a porta aberta e com a luz do closet acesa. Era ridículo que ele tivesse me feito ficar com medo do escuro. Minhas olheiras tinham sido impossíveis de cobrir completamente naquela manhã. Puxando a mochila mais alto sobre o ombro, fui andando pelo corredor lotado. Passei por Leif e ele fez um cumprimento educado com a cabeça. Das outras vezes em que eu o tinha visto naquele dia, ele nem demonstrou me notar. Por que motivo sua indiferença me fazia querer voltar para casa e rastejar para a cama, eu não sabia. Se bem que talvez eu quisesse ir para a cama justamente porque o cara morto, sexy e stalker estava me fazendo perder o sono, e eu estava exausta.

— Não olhe para ele da próxima vez. Isso vai deixá-lo louco. — O sotaque familiar não me assustou. Era quase como se eu o esperasse. Mesmo que ele estivesse frustrantemente ausente desde que me dissera que andava me observando havia semanas, na tarde de sábado. Claro, não havia como responder a ele agora e ele sabia disso. Eu me virei e segui para o meu armário. — Ele está tentando se fazer de difícil. Isso prova que é infantil, mas posso ver que isso está incomodando você.

— Não está me incomodando — eu disse entre os dentes enquanto abria o armário.

— Sim, está. Há sempre uma pequena ruga que aparece entre suas sobrancelhas, e você mordisca o lábio inferior quando algo a incomoda.

Eu sabia que não precisava olhar para ele, mas não pude evitar. Virei a cabeça e olhei-o através do meu cabelo. Ele estava encostado no armário ao lado do meu com os braços cruzados no peito, me observando. Ninguém nunca havia prestado atenção suficiente em mim antes para realmente ser capaz de descrever minha expressão facial de incômodo. Era estranhamente adorável.

— Você está perdendo a demonstração pública de afeto entre seus dois amigos no corredor. Talvez precisem que você jogue um balde de água gelada neles. — Mordi o lábio para não rir. Não precisei me virar para saber do que ele estava falando. Miranda e Wyatt, às vezes, sabiam ser um pouco nojentos. — Assim está melhor. Eu gosto quando você sorri. Se o jogador continuar fazendo você franzir a testa, vou resolver o problema com minhas próprias mãos.

Abri a boca para protestar, mas ele havia desaparecido.

Olhei no relógio. Leif chegaria a qualquer minuto. Fazia meia hora que minha mãe tinha saído para outro encontro com Roger. Passei um tempo sozinha andando pela casa e procurando pela alma da qual não conseguia me livrar. Não tinha certeza de onde esperava encontrá-la. O garoto espírito realmente não parecia ser do tipo que ficava sentado sem fazer nada. Se ele estivesse presente, não estaria tentando me dizer o que fazer ou me perguntando coisas que não eram da sua conta? Procurei por ele mesmo assim. Eu queria discutir o comentário que ele tinha feito antes. A campainha interrompeu minha caça e voltei para a sala para abrir a porta.

— Oi. — Recuei e dei passagem para Leif entrar.

Eu o havia ignorado pelo resto do dia. Não sabia para que isso serviria, mas decidi que não o queria pensando que eu me importava se ele falasse comigo ou não.

— Oi — respondeu ele e entrou. Eu o levei até a mesa da cozinha e esperei enquanto ele colocava os livros na mesa.

— Sexo seguro — anunciou.

Congelei e olhei para ele, sem saber se eu tinha acabado de ouvir aquilo direito. Seu rosto sério se abriu em um sorriso e ele começou a rir.

— Queria que você pudesse ver seu rosto agora — disse, entre gargalhadas.

— Você acabou de falar "sexo seguro"? — perguntei, tentando determinar o que era tão engraçado. Era ele quem estava falando de sexo.

Ele confirmou balançando a cabeça e ergueu seu papel.

— O assunto da apresentação desta semana.

Dei uma risadinha fraca.

— Ok, bem, foi um jeito e tanto de anunciar — falei enquanto ia até a geladeira pegar nossas bebidas.

— Espero que você seja bem informada sobre esse assunto, porque eu não tenho a menor ideia.

— O quê? — gritei em resposta.

Ele riu de novo e eu fiquei esperando ele se controlar.

— Me desculpe. É que você fica muito fofa quando está chocada.

Enrijeci com a palavra "fofa" e desejei não ter feito isso. Esperando que ele não percebesse minha reação, respirei fundo e rezei em silêncio para que meus olhos não me traíssem quando me virasse. Não que eu quisesse que Leif me visse de outra forma, mas eu não queria exatamente que ele me achasse fofa. Talvez atraente ou bonita, mas não fofa. Se bem que o fato de ele se referir a mim como fofa ajudava a me lembrar de em que pé estava a situação entre nós. Qualquer ilusão que eu pudesse ter de sermos outra coisa senão amigos se dissipou.

— Acho que não é necessário ter experiência de causa. Basicamente é para falar das suas opiniões sobre o assunto, ou a importância dele.

Não consegui olhar nos olhos de Leif.

Ele estendeu a mão e ergueu meu queixo para que eu não tivesse escolha.

— Você está envergonhada. — Desviei os olhos e ele riu. — Que fofa.

Argh! Estávamos de volta a eu ser fofa. Olhei para ele mais uma vez.

— Por favor, pare de dizer que sou fofa. É meio insultante.

Ele franziu a testa enquanto tirava a mão do meu queixo.

— Como seria insultante?

Dei de ombros, não querendo falar sobre isso e desejando ter mantido a boca fechada.

— Apenas isso. Ninguém quer ser fofa. Cachorrinhos são fofos.

Peguei seu caderno, mantive os olhos fixos no papel e li sobre o assunto, ou pelo menos tentei agir como se estivesse lendo.

— Bem, você definitivamente não parece um cachorrinho — disse ele com uma risada.

— Pelo menos já é alguma coisa.

Precisávamos mudar de assunto e eu precisava aprender a conter minha língua.

— Ok, então quais são os três principais motivos pelos quais você acredita que sexo seguro é importante? — Talvez agora poderíamos deixar de falar sobre mim e sobre a minha fofura. Ele não respondeu e eu ergui os olhos. Leif estava me observando com uma expressão séria. — Você não tem certeza?

Ele não respondeu.

— Hum, ok, e gravidez na adolescência? Esse é um bom ponto. Ninguém precisa ser pai ou mãe enquanto ainda é criança.

Novamente, ele não respondeu, então eu anotei.

— Você está ofendida — concluiu ele, baixinho. Eu congelei, mas mantive os olhos no papel. — Eu não queria dizer algo para ofender você — continuou.

Eu queria negar, mas achei que aceitar suas desculpas e seguir em frente seria a melhor maneira de lidar com a situação.

— Está bem. Vamos trabalhar na sua redação.

Ele olhou para o papel.

— A gravidez na adolescência é definitivamente um dos motivos — ele concordou.

— Ok, e quanto às DST? — sugeri, anotando enquanto falava.

— Esse é outro argumento bom.

Comecei a escrever, mas ele estendeu a mão e pegou o caderno de mim. Assustada, levantei a cabeça para ver o que ele estava fazendo. Ele me deu um sorriso sem jeito.

— Desculpe, mas não consegui pensar em outra maneira de chamar sua atenção.

Sem saber como responder, fiquei sentada em silêncio e esperei que ele terminasse.

— Você não é só fofa. Sim, você faz carinhas fofas e coisas fofas, mas não é só fofa. — Ouvi-lo se explicar fez com que eu me sentisse boba por ter dito qualquer coisa antes.

— Tudo bem — consegui resmungar.

Ele deslizou o caderno de volta para mim.

— Agora veremos... e o fato de que usar camisinha tira um pouco do prazer? Devemos discutir isso?

Engasguei com o refrigerante e comecei a tossir incontrolavelmente enquanto Leif me dava tapinhas nas costas. Assim que me controlei, olhei para cima e o peguei reprimindo um sorriso.

— Mais uma vez: você faz um monte de coisas fofas, mas não é só fofa.

CAPÍTULO 4

Leif não tinha aparecido na noite anterior para terminar seu discurso e era para hoje. Não aparecer não era típico dele. Quanto mais tarde ficava sem eu ter recebido uma ligação, mais irritada me sentia. No fim, eu mesma terminei o texto da apresentação e o imprimi. No fundo, eu acreditava que ele teria uma boa desculpa, e deixá-lo tirar uma nota ruim parecia cruel. Coloquei a mão na mochila para tirar o texto enquanto seguia pelo corredor. Eu só esperava que, quando o encontrasse e lhe entregasse o trabalho, ele tivesse uma desculpa plausível para a noite anterior. Admitir para mim mesma que eu precisava que ele tivesse uma desculpa realmente boa não foi fácil. Eu me permitia me preocupar demais com Leif Montgomery.

— E aí, garota, tudo bem? Senti sua falta. — Miranda passou o braço pela minha cintura e encostou a cabeça no meu ombro.

Eu também tinha sentido falta dela. No ano anterior, quando ela e Wyatt estavam namorando, eu estava com Jay. Não me senti isolada dos meus amigos quando eles se tornaram um casal. Agora, quando eu estava solteira e os outros dois integrantes do meu trio eram um casal, não conseguia evitar a sensação de estar segurando vela.

— Também sinto sua falta. Precisamos sair uma noite dessas. Talvez uma noite de garotas — sugeri, enquanto procurava por Leif na multidão de alunos que obstruíam o corredor.

— É uma ideia maravilhosa! Vamos fazer isso uma noite neste fim de semana. — Ela parou por um instante e então ruborizou. — Ou talvez no próximo. — A careta atípica era prova suficiente de que ela odiava me dizer que estava ocupada.

Dei de ombros e forcei um sorriso.

— Não se preocupe. Quando você tiver tempo. — Olhei para trás no corredor e desta vez consegui ver Leif diante de seu armário. Estava de costas para o corredor lotado. Eu me virei para Miranda. — Preciso levar isso para o Leif. Encontro você na hora do almoço.

A multidão parecia ir se dissipando conforme eu chegava ao fim da fileira de armários. Assim que atravessei o último grupo de alunos parado entre nós, notei Kendra encostada em seu armário, sorrindo para Leif. Pensei em dar meia-volta, não querendo entregar o trabalho na frente dela, mas me lembrei de que ele tinha Retórica no primeiro período. Desacelerei e parei atrás dele. Quando me estiquei para dar um tapinha em seu ombro, Kendra estendeu a mão e passou os dedos pelos cabelos de Leif. Foi repugnante de ver. Ele era um cara tão bom e ela, pura maldade.

— Tem certeza de que vir ontem à noite não foi um grande problema? Eu odiaria atrapalhar as coisas com você e sua namorada — ela arrulhou.

— Você sabe que ela não é minha namorada, Kendra. Pare de chamá-la assim. Você vai começar a espalhar fofoca. — A voz dele parecia irritada.

A ideia de que alguém pudesse pensar que ele gostava de mim era tão repulsiva? Um nó de náusea se formou no meu estômago e comecei a virar as costas para sair antes que ele me notasse.

— Você passa muito tempo na casa dela e ela está sempre olhando pra você.

— Ela é minha tutora, e não, ela não fica olhando pra mim. Você está apenas sendo paranoica quando não tem razão para nada disso.

Fechei a mão vazia em um punho apertado, pensando em todas as vezes que ele tinha me enganado me fazendo pensar que era um cara legal. Ele era tão mau e calculista quanto Kendra. Será que tinha mesmo sido adotado ou era uma grande mentira elaborada para me fazer sentir pena dele? Eu até mesmo convenci meu eu estúpido de que Leif poderia ser um cara com quem eu poderia sair. Quando ele viesse à minha mesa na hora do almoço me perguntar de novo se eu iria ao jogo, eu pretendia dizer "sim" e ver se levaria para onde Wyatt parecia pensar que estava levando.

— Tem certeza de que ela sabe que não é sua namorada? Porque parece que ela está te perseguindo — Kendra ronronou.

Eu me virei, odiando o calor que comecei a sentir nas bochechas. Meu rosto provavelmente estava vermelho-vivo.

— Hum, é... Pagan. Eu ia te procurar para explicar sobre ontem à noite.

Fiz que sim com a cabeça, não querendo discutir sobre esse assunto depois de tudo o que eu tinha ouvido, e entreguei o trabalho a ele.

— Achei que você pudesse precisar disso.

Ele olhou para o papel na minha mão antes de pegá-lo. Eu me virei para ir embora.

— Espere, eu ia te ligar ontem à noite. Acabei ficando amarrado. Obrigado — disse ele ao pegar o trabalho.

Kendra entrelaçou um braço no dele e sorriu docemente.

— Isso não é verdade, Leif, eu nunca amarrei você. — Ela então dirigiu o olhar para mim e me deu um sorriso de triunfo.

Enquanto eu tinha ficado sentada até tarde terminando seu texto de apresentação, ele estava com Kendra. Tinha como eu ser mais idiota? Perdi meu tempo escrevendo um discurso para alguém que achei que precisava da minha ajuda, pensando, todo esse tempo, que ele era um cara legal de quem eu poderia, possivelmente, gostar de verdade. Talvez eu não o tivesse julgado tão injustamente antes. Talvez Leif Montgomery se encaixasse na descrição que eu tinha feito dele durante todos esses anos. Doeu descobrir que o cara que imaginei que ele fosse era uma ilusão. Que fiz papel de idiota quando fiquei acordada, escrevendo o trabalho para ele. Isso me fez parecer uma de suas fãs apaixonadas.

Consegui abrir o armário e encontrar os livros de que precisava para a primeira aula em meio à minha névoa de raiva. Parei, fechei os olhos e respirei fundo. Eu tinha acabado de aprender uma lição e não precisava esquecer dela. Duas lágrimas escorreram e eu rapidamente as enxuguei antes de fechar a porta do meu armário. Agora ele estava me fazendo chorar. Perfeito.

— Pagan.

Droga! Ele tinha vindo atrás de mim. Eu não podia deixar que ele me visse chorando. "Humilhação" não seria uma palavra forte o suficiente para o que eu sentiria se Leif soubesse que eu tinha derramado uma lágrima por causa daquela situação. Forcei uma expressão indiferente no rosto e me virei de frente para ele.

— Sim?

Ele parecia chateado. Eu gostaria de poder me convencer de sua sinceridade.

— Olha, sobre ontem à noite, eu realmente sinto muito. Eu não esperava que você terminasse o trabalho para mim. Eu pisei na bola e ia aceitar a nota ruim. Eu deveria ter ligado, mas...

Balancei a cabeça para que ele parasse de falar.

— Não tem problema. Apesar disso, de agora em diante, será que você poderia me avisar com antecedência quando não puder chegar no horário marcado? Então, se você me dá licença... — Eu o contornei e comecei a ir para a aula.

— Pagan, espere, por favor.

Parei e considerei mandá-lo para o inferno, mas decidi em contrário; então me virei de novo para a frente e perguntei:

— O quê?

— Eu estava indo, mas a Kendra ligou.

Balancei a cabeça.

— Eu não me importo. Da próxima vez, me avise, por favor. — Eu me virei e fui em direção à minha classe, mas, quando cheguei lá, não parei de andar. Entrar atrasada em uma sala de aula, com todos os olhos direcionados a mim, não parecia possível naquele momento.

Abri a porta de saída da escola e saí. Eu normalmente não me expunha para ninguém. Naquele dia, porém, tinha cometido o erro de fazer isso e me queimei. Eu só queria ir para casa e lidar com meu orgulho ferido sozinha.

— Não vá embora. Ele não vale a pena. — A voz profunda familiar quase soou como uma súplica. Ele estava caminhando ao meu lado. Seu rosto era tenso, e o sorriso com o qual eu me acostumara estava ausente.

— Não quero ficar. Estou com raiva e só quero ir embora.

— Por favor, Pagan, não entre no carro. Volte para dentro. Esqueça o garoto estúpido e aproveite o resto do dia. Não deixe que algo que aquele idiota fez te dê vontade de fugir correndo.

Parei de andar e olhei para ele.

— Por que você se importa que eu saí? Você é o novo monitor do corredor e eu perdi a circular de aviso?

Sua expressão fechada se acentuou; olhos azuis se tornando azul-gelo, como se um fogo tivesse acendido atrás deles.

— Estou te implorando para voltar para a escola.

— Por quê?

Ele passou a mão pelo cabelo escuro e sedoso e rosnou de frustração.

— Você tem que questionar tudo? Será que não pode apenas me dar ouvidos para variar?

Foi isso. Eu já tinha enfrentado mais do que o suficiente por um dia. Primeiro, Leif provava que era um idiota de primeira grandeza, e então a alma que não me deixava em paz decidia se irritar comigo.

— Estou saindo. Você não pode me impedir e eu não tenho que te ouvir. Se você não tiver uma boa desculpa, não há razão para eu ficar. — Girei na ponta dos pés e comecei a caminhar em direção ao meu carro. Os garotos eram irritantes, vivos ou mortos; isso não parecia importar.

Rapidamente liguei o carro e me concentrei em sair do estacionamento da escola. Não queria que ninguém me visse e me denunciasse antes que eu pudesse dar o fora dali. Eu não conseguia acreditar que realmente havia derramado uma lágrima por causa da situação com Leif. Chorar não era minha praia; eu achava que tinha sido a humilhação. Não estava acostumada àquilo e, obviamente, não sabia como lidar.

Ajustei o espelho retrovisor para ver se eu estava com uma aparência tão péssima quanto temia, caso minha mãe saísse da toca de escrita quando eu chegasse em casa. Se o rímel estivesse borrado, minha mãe notaria. Eu não seria capaz de esconder a frustração, pois sorrisos falsos não eram um dos meus talentos.

Suspirando, olhei de volta para a rua. Tentar consertar meu rosto sem a ajuda de água e sabão era uma causa impossível. A placa de Pare em que eu havia parado o carro um milhão de vezes me surpreendeu. Eu não estava prestando atenção e esqueci de desacelerar — era tarde demais para pisar no freio. Olhei bem a tempo de ver um caminhão vindo na minha direção e, uma fração de segundo depois, a compreensão chegou: eu não seria capaz de parar a tempo.

Tudo escureceu, e o guinchado de pneus cantando e da buzina repetitiva silenciou. Uma sensação vertiginosa e uma dor aguda percorreram meu corpo. Tentei gritar por socorro, mas não saiu nada. Comecei a sufocar. Algo pesado pressionava meu peito e eu não conseguia respirar. Engasguei e procurei ajuda na escuridão. Acabaria morrendo asfixiada se não tirasse o peso do peito. Lutei para abrir os olhos, mas a escuridão me segurava abaixo da superfície. O calor se espalhou por mim enquanto eu agarrava algo na escuridão. Congelei no lugar, sem ter certeza do que havia encontrado, quando percebi que podia respirar outra vez. As luzes voltaram de repente, e o mundo tornou-se incrivelmente brilhante. Não conseguia abrir os olhos por causa da dor. Alguém me carregou por uma curta distância e então senti o solo frio debaixo das costas. As mãos anormalmente quentes que me envolviam desapareceram. Tentei protestar. Eu não queria que meu salvador me deixasse, mas não conseguia encontrar minha voz. Tentei me sentar e uma dor intensa tomou conta do meu corpo. O mundo ficou em silêncio.

Um som assustadoramente doce tocava na escuridão. Virei a cabeça e encontrei a fonte da música. Meu pescoço estava rígido e minha cabeça começou a latejar tão forte que abafou o som da melodia que eu estava tentando encontrar. Parei de me mover e mantive os olhos fechados, esperando que a dor parasse.

— E ela acorda... — disse uma voz na escuridão. Eu o reconheci e, em vez de temê-lo, o som me acalmou. A música começou a tocar novamente e percebi que era a melodia suave de um violão. Um zumbido baixo se juntou a mim e eu fiquei imóvel, ouvindo na escuridão, feliz que a música preenchesse o vazio, me garantindo que eu não estava sozinha.

Precisando vê-lo, abri os olhos e percebi que as luzes estavam apagadas. Fiquei imóvel enquanto meus olhos se ajustavam ao espaço escuro. Eu não estava no meu quarto. O aparelho ao meu lado e a agulha no meu braço eram as únicas pistas de que eu precisava. Eu estava em um quarto de hospital. O violão parou de tocar. Com medo de virar a cabeça novamente, em vez disso, mexi o corpo com cuidado.

A alma estava sentada em um canto escuro, me observando.

— O que você está fazendo? — consegui perguntar em um sussurro rouco.

Ele sorriu, se levantou e se aproximou de mim.

— Bem, eu pensei que seria óbvio. — Ele segurou o violão. Essa alma não só podia falar, mas também tocava instrumentos musicais. Eu queria perguntar mais, mas minha garganta doía muito. Ele estava sentado em uma cadeira que alguém havia puxado ao lado da minha cama. — Você provavelmente não precisa falar. Você teve um acidente de carro, que te fez sofrer uma concussão grave e quebrar uma costela. Fora isso, está apenas cheia de hematomas.

Lembrei-me do sinal de pare e do caminhão vindo na minha direção, rápido demais. Eu sabia que não seria capaz de frear a tempo.

— Você estava usando cinto de segurança e o caminhão bateu na lateral traseira do seu carro, fazendo você capotar algumas vezes.

Será que minha mãe sabia? Ela ficaria apavorada. Quanto tempo fazia? E por que uma alma era a única pessoa comigo? Olhei para o aparelho em que meus fios estavam conectados e, se eu estava lendo direito, então estava realmente viva. O medo repentino com a perspectiva de morte diminuiu e eu olhei de volta para aqueles intensos olhos azul-escuros.

— Mãe? — consegui perguntar com a garganta seca e dolorida.

A alma sorriu.

— Ela saiu para tomar um café, há alguns instantes. Deve voltar em breve.

Minha mãe estava aqui e eu a veria dentro de alguns minutos. Me senti como uma criança, com medo do escuro. Lágrimas fizeram meus olhos arderem enquanto eu olhava para a porta, esperando que ela abrisse para revelar minha mãe. Uma mulher com cabelo castanho curto e cacheado entrou no meu quarto flutuando sem usar a porta. Eu a observei atentamente e ela sorriu para mim, mas olhou direto através da outra alma na sala. Certa vez, quando tinha dez anos, fui internada por pneumonia e percebi que almas perdidas e errantes perambulavam em abundância nos hospitais. Esta flutuou até algumas flores que eu não tinha notado antes, perto da janela. Ela parecia as estar cheirando e deu um puxão suave no monte de balões que me desejavam "Melhoras" presos a uma dúzia de margaridas amarelas. Olhei de volta para a alma do garoto, sentada ao meu lado. Ele parecia estar me observando atentamente.

— Você a enxerga, não? — ele perguntou, e eu assenti. Ele observou a mulher enquanto ela olhava para mim mais uma vez antes de voltar a atravessar a parede. — Você sempre as enxergou?

Consegui sorrir com o fato de que ele se referia às almas como se ele mesmo não fosse uma. Levantei as sobrancelhas e olhei para ele incisivamente.

— Você é uma delas — afirmei com um sussurro.

— Sim, eu acho, para você, parece que sou. No entanto, existe uma diferença entre mim e as almas.

Fiz uma careta.

— O quê?

Eu sabia que ele conseguia falar comigo e que as almas nunca tinham falado antes, mas ele ainda era uma alma sem corpo.

— Não posso te dizer o que sou. Já quebrei regras suficientes. — Ele fixou-se no aparelho ao meu lado em vez de encontrar meu olhar.

A porta do quarto se abriu e minha mãe entrou.

Seus olhos encontraram os meus e ela ofegou com espanto antes de correr para mim.

— Pagan, você está acordada! Oh, querida, sinto muito por não estar aqui quando você acordou, sozinha e confusa em um quarto escuro de hospital.

Espiei atrás dela e vi a alma parada ali nos observando com aquele sorriso sexy em seus lábios perfeitos, ao qual eu estava começando a me apegar.

— Eu só precisava de um cafezinho e depois corri para comprar essa revista — disse ela, segurando uma sacola plástica verde. — Deixe-me chamar a enfermeira. Não se mexa. Você está um pouco baqueada, mas vai ficar bem. — Lágrimas brotaram de seus olhos e ela cobriu a boca com a mão. — Desculpe — pediu, olhando para mim com os olhos marejados. — É só que eu fico pensando no seu carro e como ele teria te esmagado completamente se você não tivesse sido jogada do banco do motorista. Sempre digo para você usar o cinto de segurança e o fato de você não me ouvir salvou sua vida. — Ela soltou um pequeno soluço e sorriu, se desculpando para mim. — Oh, querida, estou tão feliz por você abrir os olhos.

Sorri para ela, tentando mascarar minha confusão.

— Está tudo bem — sussurrei.

Ela se abaixou e beijou minha testa.

— Volto já. Preciso chamar uma enfermeira. Elas estão esperando você acordar.

Ela se dirigiu para a porta e eu encarei o fantasma em pé no canto com o violão na mão. Pareceu-me estranho vê-lo segurando aquele instrumento. As pessoas viam um violão flutuando no ar? Minha mãe não parecia notar; se bem que ela não tinha olhado para nenhum lugar além de mim.

— O cinto de segurança — sussurrei por entre os lábios secos.

Eu estava usando cinto. Eu sempre usava. O garoto espírito até tinha dito que era bom eu estar usando. Por que minha mãe achou que eu não estava e que não usar salvou minha vida? Ele deu um passo à frente, me observando de perto. Sua expressão dizia que ele não sabia como me responder. Antes que pudesse dizer algo, a porta se abriu novamente e ele recuou para o canto. Uma enfermeira entrou apressada com minha mãe vindo logo atrás. A resposta à minha pergunta teria de esperar.

A alma partiu antes que a enfermeira terminasse os procedimentos comigo e não havia retornado. Quando acordei de novo, verifiquei rapidamente o quarto, esperando que ele voltasse, mas minha mãe agora estava sentada em seu canto, onde antes a alma se encontrava, trabalhando no laptop. Ela olhou para mim e sorriu.

— Bom dia!

O medo que eu tinha visto em seus olhos na noite anterior havia sumido... ela parecida com minha mãe novamente. Agora que eu tinha acordado e a enfermeira garantira a ela que eu me recuperaria bem, ela parecia menos tensa e mais semelhante à minha mãe de sempre.

Eu sorri.

— Dia. — Minha garganta estava um pouco melhor graças a todos os cubos de gelo que eu havia comido. Fiz menção de pegar o copo d'água e minha mãe deu um pulo rapidamente.

— Não se mexa. Sua costela quebrada vai exigir que você fique quieta por um tempo. — Ela colocou o canudo nos meus lábios e eu tomei pequenos goles de água fria. A sensação era maravilhosa na minha garganta. — Miranda já ligou hoje de manhã e eu disse que você acordou ontem à noite. Ela está a caminho, com Wyatt. — Ela fez uma pausa e olhou para trás, na direção da porta. — E Leif Montgomery ficou na sala de espera a noite toda. Ele até dormiu lá. Eu fui e disse a ele que você tinha acordado e pedi para ele voltar pra casa porque você não poderia receber visitas, mas ele permaneceu. As enfermeiras ficaram com pena e lhe deram um travesseiro e cobertores. — Ela parou, como se não tivesse certeza exatamente de por que ele ia querer ficar na sala de espera a noite toda. As memórias de Leif não ter aparecido em nossa sessão de estudos por causa de Kendra ressurgiram na minha mente. Eu não me sentia mais triste ou decepcionada. As lágrimas que eu havia derramado por ele eram inúteis.

Minha mãe mordeu o lábio inferior.

— Leif disse que foi ele o motivo de você ter saído chateada da escola. Não perguntei por que você não estava na escola ou o que tinha acontecido, porque eu não queria te aborrecer. — Ela parou de falar e me observou atentamente, esperando que eu dissesse alguma coisa.

O que eu poderia falar? Realmente não queria ver Leif. Eu quase havia me matado por agir como uma garota boba apaixonada.

— Ele ficou aqui a noite toda? — perguntei, querendo ter certeza de que tinha entendido bem.

Ela fez que sim.

— Ele está aqui desde que soube do seu acidente. Veio com Miranda e Wyatt, mas não quis ir embora com eles.

— Ok, hum... se ele quiser entrar, tudo bem.

Minha mãe pareceu aliviada. Acho que estava preocupada que eu pudesse dizer ao pobre garoto, que tinha ficado esperando a noite toda em uma desconfortável sala de espera, que eu não queria vê-lo. Ela correu porta afora, e ouvi Miranda sussurrar algo quando cruzaram caminho uma com a outra. Sem dúvida estavam discutindo o fato de eu ter concordado em deixar Leif entrar para me ver. Miranda entrou, colocou as mãos na cintura e me deu um grande sorriso alegre.

— Olhe pra você, toda acordada e maravilhosa — disse ela, aproximando-se de mim e sentando-se na cadeira ao lado da cama.

Agarrou minha mão e eu vi nos seus olhos o brilho das lágrimas que ela tentava conter. Apertei sua mão, e ela deixou as defesas caírem. Um soluço escapou enquanto as lágrimas começavam a escorrer por seu rosto. Olhei para Wyatt, que estava atrás dela me observando. Ele encolheu os ombros e me deu o que eu poderia chamar de um sorriso forçado.

Miranda engasgou com um soluço.

— Sinto muito. Eu disse que não ia chorar; eu realmente me esforcei para ser positiva e alegre, mas fico me lembrando do seu carro e ouvindo sem parar na minha mente as palavras "ela foi levada às pressas inconsciente para o hospital". — Miranda enxugou o rosto molhado e sorriu em meio às lágrimas. — Estou muito feliz por você estar bem. Ontem foi o pior dia da minha vida. — Ela levou nossas mãos unidas à boca e as beijou.

— Eu sei — respondi simplesmente. Porque eu sabia. Se tivesse sido ela naquela cama em vez de mim, eu teria ficado apavorada.

— Irônico, não é? No dia em que você decide quebrar as regras, matar aula e não usar o cinto de segurança, o que é estranho, já que você é a nazista do cinto de segurança, tudo explode na sua cara. Faz você querer continuar andando na linha, não faz? — Wyatt perguntou com um sorriso.

Sorri, porque rir doía, e Miranda revirou os olhos, mas um sorriso apareceu no canto de sua boca.

— Sim, acho que sim. — Eu queria esclarecer o fato de que estava usando o cinto de segurança, mas não conseguia explicar algo que não entendia, então mantive a boca fechada. Uma batida soou na porta e Miranda olhou para mim, mordendo o lábio inferior com nervosismo.

Ela baixou a voz para um sussurro.

— Ele não saiu desde que chegou aqui com a gente ontem. Até perdeu o treino.

Observei Leif entrar no quarto. Seus olhos encontraram os meus e ele parou por um momento antes de entrar mais. Eu não sabia exatamente o que dizer ou o que ele poderia falar para mim. Ele era um cara que eu ajudava nos estudos e tinha dormido na sala de espera a noite toda porque eu tinha agido como uma ridícula só por ele ter faltado na nossa sessão de estudos. Ele estava obviamente nervoso e eu sabia que a presença de Wyatt e Miranda não ajudaria em nada. Não pretendia contar a todos que meu acidente tinha sido culpa dele. Eu mesma não acreditava nisso; sabia que a culpa era minha. Livrá-lo seria até que fácil. No entanto, com meus dois melhores amigos no quarto, isso seria estranho. Eu não queria que eles fossem embora, porque tê-los ali parecia um cobertor de segurança. Olhei de volta para Leif e pude ver em seus olhos que ele queria falar comigo sem plateia, mas não pediu que os outros saíssem. A ideia dele dormindo na sala de espera a noite toda porque se sentia culpado parecia injusta. Eu precisava aliviar sua consciência para que ele pudesse ir para casa.

Eu me virei para Miranda e Wyatt.

— Vocês dois podem nos dar um minuto?

Miranda olhou feio para Leif e assentiu. Eu vi quando ela se levantou. Encarar Leif não era algo novo para Miranda, mas olhar feio para ele, sim. Depois de retificar essa situação com ele, eu também precisaria esclarecer as coisas com meus amigos. Assim que a porta se fechou, voltei minha atenção para Leif.

— Ontem, eu.... Deus. — Ele passou a mão pelo cabelo loiro bagunçado e fechou os olhos. — Você está aqui por minha causa. Eu sei que você saiu da escola porque estava chateada. Eu percebi nos seus olhos, mas não sabia como fazer você falar comigo. — Ele parou novamente e olhou para mim. — Nunca vou poder expressar pra você o quanto lamento por tudo isso.

Balancei a cabeça de um lado para o outro.

— Não foi culpa sua. Eu tomei uma decisão idiota.

— Não, a culpa é minha. Eu vi as lágrimas nos seus olhos, Pagan, e aquilo estava me matando, mas eu não conseguia encontrar as palavras certas. Eu queria explicar, mas fui um desastre.

Eu não podia deixá-lo levar a culpa pela minha estupidez.

— Pare de se culpar. Tenho que admitir que agi como uma ridícula por você não ter aparecido ou ligado. Eu deixei o fato de você estar com a Kendra me aborrecer, o que foi bobo. Não sei por que deixei isso me chatear tanto. Chorar por um cara não é algo que faço. O fato de estar lutando para segurar as lágrimas me confundiu e eu fui embora.

Ele estendeu a mão e tocou suavemente uma das duas dúzias de rosas cor-de-rosa que estavam em uma mesa perto da janela.

— Você foi embora porque eu te magoei, o que faz disso culpa minha — ele respondeu simplesmente.

Eu não queria que ele se culpasse. Ele precisava superar e ir para casa.

— Leif, eu sou sua tutora. Não somos nem sequer amigos. Você pode perder uma sessão e esquecer de me ligar, e eu não deveria deixar isso me magoar. Interpretei o nosso relacionamento mais do que deveria. Você nunca deu a entender que éramos mais do que parceiros de estudo. Não conversamos na escola; não somos da mesma turma; a gente só se vê na minha casa, pra fazer a lição. Foi tudo culpa minha. Pare de se culpar e vá para casa. — Eu disse a última parte com suavidade para que não soasse grosseira. Ele franziu a testa e caminhou até ficar ao lado da minha cama.

— Você acha que só te vejo como minha tutora? — ele perguntou. Balancei a cabeça, sem saber o que ele queria dizer. Ele me deu um sorriso triste. — Isso também seria minha culpa. Nunca tive problema em demonstrar meu interesse por uma garota... até você.

Eu não tinha certeza do que ele queria dizer com isso, então fiquei em silêncio. Ele se sentou na cadeira que Miranda havia desocupado momentos antes.

— Eu sabia que você não gostava de mim quando concordou em me dar aulas particulares. Não precisava ter me dito isso naquele dia, no corredor, quando falou que tinha me recusado porque não gostava de mim. Eu sempre soube, mas queria que você fosse minha tutora. Queria que você fosse a pessoa a saber do meu segredo. Nunca esperei que a única pessoa que me olhava com desdém fosse tão divertida. Foi uma surpresa descobrir que a garota em quem eu estava de olho desde o nosso primeiro ano no colégio fosse tão bonita por dentro quanto era por fora. Você me surpreendeu e não demorou muito para me fisgar. — Um sorriso triste apareceu em seus lábios. — Mesmo assim, na escola, você ainda parecia tão intocável como sempre, então mantive distância. Tentei falar com você e até tive coragem de convidá-la para sair, mas seu desinteresse me assustou. Eu não queria tornar desconfortáveis as nossas noites juntos, então não pedi mais nada. Eu ficava ansioso pelos nossos encontros o dia todo. Eu não poderia estragar nada daquilo.

Ele baixou o olhar para as mãos, que mantinha em seu colo.

— Aí a Kendra ligou e começou a chorar, dizendo que precisava falar com alguém e eu era a única pessoa em quem ela confiava. Eu disse a ela que tinha compromisso, mas ela chorou ainda mais e me implorou. Então concordei em passar na casa dela, porque ela está enfrentando umas questões familiares que eu já conhecia e ela precisava de alguém para ouvir. Quando percebi que não seria capaz de me livrar dela, quis ligar pra você, mas não podia fazer isso na frente dela para explicar, então não liguei. Eu só ia lidar com a nota ruim; nem achei que você fosse se importar. — Ele olhou para mim com uma expressão de dor no rosto. — Eu estava errado e nunca fiquei tão bravo comigo mesmo. — Ele se levantou, enfiando as mãos nos bolsos da calça jeans com uma expressão de derrota.

Eu sorri.

— Por favor, não fique bravo consigo mesmo. Não te culpo por nada. — Eu queria falar mais, mas não consegui.

Ele me observou por um momento antes de assentir.

— Existe alguma chance de eu não ter estragado tudo entre nós?

— O que é que você está preocupado em estragar? Eu ainda vou ser sua tutora, se é isso que está perguntando.

Ele riu baixinho e pegou minha mão com delicadeza.

— Estou muito grato por você continuar sendo minha tutora, mas não é isso que estou pedindo. Tive medo de bagunçar as coisas, mas não acho que posso bagunçar mais do que já baguncei. — Ele se recostou na cadeira ao meu lado e me fitou com olhos azul-bebê emoldurados por cílios tão grossos que era difícil não suspirar ao vê-los. — Não quero que você seja apenas minha tutora. Quero que seja a garota que vou procurar nos corredores todas as manhãs e para quem vou guardar um lugar no refeitório. Quero que seja aquela que vai estar esperando por mim quando eu sair do campo depois dos jogos. Quero que seja aquela para quem vou pegar o celular e ligar só para me fazer sorrir. — Ele me observava atentamente. Leif Montgomery parecia mesmo nervoso.

Ele estava esperando que eu dissesse algo; eu podia ver a pergunta em seus olhos. Leif queria levar nossa situação a um nível que antes eu achava que queria também, então por que era tão difícil de aceitar agora? O medo cintilou em seus olhos e eu consegui fazer um sinal afirmativo com a cabeça. Eu tinha concordado em deixar as coisas mudarem entre nós, mas, de alguma forma, no fundo, algo não parecia certo.

CAPÍTULO 5

Fiquei no hospital uma semana inteira. Todas as noites, eu ia dormir com o dedilhar suave de um violão. Quando eu acordava de madrugada, nunca era para ver um quarto de hospital vazio, mas a alma sombria e misteriosa à qual eu tinha me apegado. Ele ficava sentado nas sombras e tocava uma canção de ninar que eu decidi que pertencia a mim.

Todos os dias, Leif vinha direto após o treino de futebol americano trazendo a comida que eu tinha pedido escondida dentro da jaqueta de couro. Fazíamos a lição de casa dele, depois assistíamos à televisão e comíamos o que ele tinha trazido. Estar com Leif me fazia sorrir. Eu amava cada momento que passávamos juntos. No entanto, à noite, quando a alma ficava lá sentada no meu quarto e tocava para mim, a música parecia preencher os locais solitários. Eu necessitava da alma que não entendia. Meu desejo por ele me assustava e me fascinava. Na última noite no hospital, sua voz se juntou ao dedilhar do violão. Ele havia acrescentado letra à melodia da minha canção de ninar.

"A vida em que caminho me deixa de mãos atadas
me faz tomar coisas que fogem da compreensão
Caminho neste mundo sombrio desconhecendo a verdade considerada,
esquecendo o eu que eu conhecia,
até você.
A vida em que caminho eternamente era tudo o que eu conhecia
nada mais nesta Terra me prendia
até você.

Sinto a dor de cada coração que tomo
Sinto o desejo de substituir tudo o que agora odeio
A escuridão me mantém perto, mas a luz ainda atrai minha alma vazia
O abismo que eu tentava preencher com a dor
não me controla mais, não me chama mais
por você."

Quando minhas pálpebras ficaram pesadas e o sono se apoderou de mim, meu coração doeu com a mesma dor de suas palavras. Eram palavras que eu sabia que significavam mais para ele do que eu entendia. A música com a qual ele enchia minhas noites era muito mais profunda do que qualquer coisa que eu conhecia.

Miranda correu na minha direção no momento em que Leif abriu a porta da escola e segurou-a para eu entrar. A emoção em seu rosto fez seus olhos castanhos brilharem. Eu sorri, esperando que ela explicasse a causa do comportamento alegre em uma manhã de segunda-feira. Meu retorno à escola não poderia ser o motivo da sua euforia. Desde que eu havia saído do hospital e voltado para casa, ela passara um bom tempo comigo. Meu retorno à escola não causaria essa reação.

Ela parou e olhou para Leif. Ele pigarreou.

— Hum, te vejo em alguns minutos. — Ele se desculpou com um sorriso e se dirigiu ao meu armário, carregando meus livros.

— Ok, ele se foi. Agora, me conta o que te deixou tão animada esta manhã.

Ela enlaçou o braço no meu e se inclinou perto do meu ouvido.

— Dank Walker está aqui. Tipo, na nossa escola. Tipo, aqui, matriculado na nossa escola. Acredita? Quer dizer, eu sei que ele fazia ensino médio em Mobile, lá no Alabama, até o ano passado, quando a banda dele estourou com aquele hit e eles começaram a se apresentar no país todo, em vez de apenas aqui no Sudeste. AH! Você consegue acreditar que ele está aqui!? Na nossa escola? Acho que, já que ele tinha que voltar a estudar, vir para a nossa cidadezinha costeira pitoresca seria melhor do que qualquer lugar no Alabama. Mesmo assim, não consigo acreditar.

Não pude deixar de sorrir com a empolgação de Miranda, mesmo que eu não tivesse ideia de quem era Dank Walker, pois eu nunca tinha ouvido falar dele ou de sua banda antes. Eu estava seguindo a expressão tonta de Miranda quando meus olhos encontraram a alma. Na noite anterior, eu havia lutado contra o sono para ver se ele aparecia no meu quarto e cantava para eu dormir. Ele não tinha vindo. Vê-lo naquele momento me deu vontade de suspirar de alívio. O pensamento de que eu poderia não o ver novamente me assustou. Sorri para ele, sabendo que deveria agir como se ele não estivesse lá, mas não consegui evitar. Em algum ponto do caminho, eu tinha passado a contar com sua presença. Seus olhos azul-escuros estavam satisfeitos e menos assombrados do que eu me lembrava. Eu queria andar até ele e dizer alguma coisa, mas não podia naquele corredor cheio de gente. Ele balançou a cabeça em sinal afirmativo como se estivesse respondendo a uma pergunta, mas seus olhos nunca deixaram os meus. Um sorriso tenso se formou em seu rosto para substituir o sorriso satisfeito que eu havia recebido. Então, como se estivesse em câmera lenta, ele voltou sua atenção para a garota loira que estava rindo e segurando uma revista e uma caneta para ele pegar.

Observei-o sorrir e acenar com a cabeça em resposta às palavras da garota como se estivesse perdida em um sonho estranho. Ele autografou a revista que ela tinha colocado em suas mãos e a devolveu. Ouvi Miranda dizer alguma coisa ao meu lado, mas parecia que ela estava a quilômetros de distância. Algo estava errado. Dei um passo na direção dele, incapaz de desviar o olhar; ele me deu seu sorriso torto e sexy que produzia a covinha perfeita. De repente, seu sorriso parecia pedir desculpas quando ele mais uma vez se desviou de mim para pegar algo das mãos de outra garota e autografar. Eu congelei, tentando processar o que meus olhos estavam vendo.

— Ok, Pagan, você realmente vai ter que sair dessa. Leif está chegando e, se ele vir você olhando para Dank Walker como se quisesse engoli-lo, vai ser um problema.

Arranquei meus olhos da alma e encarei minha amiga.

— O quê? — consegui perguntar através dos numerosos

questionamentos que formavam um enxame na minha mente.

Miranda sorriu e balançou a cabeça de um lado para o outro.

— Caramba, garota, você é pior do que eu. Pelo menos eu não fiquei embasbacada quando o vi na secretaria hoje mais cedo. Claro, ele também não parecia realmente incomodado com a sua reação. O que é bom, considerando que você está parecendo uma *stalker*.

Sacudi a cabeça sem entender.

— O quê? — repeti.

— Descobri a grande novidade — disse Leif atrás de mim, e eu sabia que deveria me virar e olhar para ele, mas ainda não podia. Todos estavam conseguindo ver a alma. Nada fazia sentido. Fechei os olhos, respirei fundo e depois os abri para ver Miranda me observando com uma expressão divertida.

— Você está enxergando ele? — sussurrei. Seu olhar cintilou com cautela atrás de mim na direção de onde eu sabia que Leif se encontrava e então disparou na direção da alma.

Quando seus olhos voltaram para os meus, ela balançou a cabeça em afirmativa lentamente.

— Hum, sim, mas de qual "ele" estamos falando? — ela perguntou num sussurro abafado. Olhei rapidamente para onde a alma ainda estava falando com as alunas e autografando coisas. Miranda se inclinou para perto do meu ouvido. — Aquele é o Dank Walker, todo mundo consegue vê-lo. Você tomou algum analgésico forte hoje de manhã? Porque você está agindo estranho.

Dank Walker. A alma, a *minha* alma, era Dank Walker, o roqueiro? Uma mão pousou no meu ombro e me virei lentamente para encarar Leif. Sua expressão preocupada era idêntica à de Miranda. Balancei a cabeça para clarear as ideias e forcei um sorriso.

— Minha mãe me fez tomar alguns analgésicos hoje de manhã e acho que isso está bagunçando minha cabeça — menti, agarrando-me à desculpa que Miranda acabara de me dar. Leif sorriu e passou o braço de forma protetora ao redor dos meus ombros.

— Ah, bem, vou cuidar de você. Venha, vamos te levar para a sua primeira aula. Já peguei seus livros.

Caminhei ao lado de Leif, aliviada, mas desapontada porque não passaríamos perto da alma. Fiquei esperando para ver se acordaria daquele sonho estranho e ouviria a alma tocando violão suavemente no meu quarto.

Cheguei à aula de Literatura Inglesa antes de perceber que Leif estava me guiando. Ele me virou de frente para ele.

— Se precisar de mim, me mande uma mensagem e eu estarei aqui em um segundo, ok? — Fiz que sim e ele me deu um beijo rápido antes de se virar e me deixar na porta da classe.

Entrei, lutando contra o desejo de olhar para trás e ver a multidão de pessoas ao redor da alma, a quem chamavam de Dank Walker. Sentei na primeira carteira que encontrei e comecei a abrir meu livro quando um formigamento quente percorreu meu corpo. Assustada, olhei para cima.

Dank vinha na minha direção. Arrisquei uma espiada para os outros alunos da classe. Os olhos de todos estavam nele. As meninas davam risadinhas e sussurravam. Só podia ser algum tipo de sonho maluco. Ele se sentou atrás de mim e eu lutei contra a vontade de estremecer com a sensação de calor que sua proximidade parecia provocar em mim. Isso não tinha acontecido antes.

— Acho que não nos conhecemos. Sou Dank Walker. — Seu sotaque familiar e suave do Sul com certeza não me parecia um sonho.

Eu me virei e olhei para ele. Se eu tivesse tomado analgésicos hoje de manhã, estaria convencida de que se tratava de um delírio. Não havia justificativa para aquela alucinação.

— Não entendo — eu disse simplesmente.

Um sorriso de desculpas apareceu em seus lábios carnudos. Será que eram mais cheios agora que ele era de carne e osso?

— Eu sei e sinto muito.

Era pedir demais que ele elaborasse? Se aquilo fosse real, seria muito bom se ele pudesse me explicar como, de repente, ele poderia ser visto pelo resto do mundo vivo. Melhor ainda: por que todos acreditavam que ele era uma estrela do rock? Ele não disse mais nada, mas seus olhos nunca deixaram os meus. Alguém passou e pediu um autógrafo e ele negou com a cabeça sem tirar os olhos de mim. Todos na sala pareciam estar nos observando. Falar com ele ali não me daria nenhuma resposta. Desviei os olhos com dificuldade de seu olhar cálido e me virei na cadeira. Se eu não acordasse logo, me preocuparia com uma explicação melhor do que "sinto muito".

— Silêncio, silêncio. — A voz do sr. Brown se propagou sobre os sussurros animados e os risinhos ocasionais. — É muito emocionante, eu sei, ter entre nós um... — o sr. Brown gesticulou na direção de Dank — ... um jovem cujos talentos muitos de vocês apreciam. No entanto, este é um momento de aprender a beleza que a literatura inglesa tem para nos oferecer. Vocês podem sonhar e desmaiar por causa do sr. Walker durante a hora do almoço.

"Muito bem: hoje vamos avançar do nosso estudo de Shakespeare. Nós o mencionamos brevemente este ano porque esta não foi a primeira vez que vocês tiveram contato com ele, e eu sinto que é importante focar em alguns outros dramaturgos famosos. O antigo dramaturgo grego Ésquilo foi igualmente influente em suas obras. Na verdade, várias fontes antigas atribuem a ele entre setenta e noventa peças. Acredito que, na sexta-feira, pedi a todos vocês que lessem o capítulo do livro sobre Ésquilo e, como era fim de semana, sei que foi um pedido enorme. No entanto, alguém aqui pode me dizer algo que aprendeu com a leitura?"

O sr. Brown juntou as mãos sobre o peito e as apoiou por um instante sobre sua barriga redonda. A sala permaneceu em silêncio. Eu tinha passado o fim de semana tentando colocar em dia todos os meus trabalhos escolares perdidos, e ler sobre Ésquilo não tinha sido muito importante. Além disso, me focar agora seria muito difícil.

— Apenas seis de suas tragédias sobreviveram intactas: *Os persas*, *Sete contra Tebas*, *Os suplementos* e a trilogia conhecida como *A Oresteia*, que consiste nas três tragédias: *Agamenon*, *As Coéforas* e *As Eumênides*. — A voz suave de Dank atravessou a sala e o sr. Brown olhou para ele com surpresa.

— Sete, sr. Walker. Você esqueceu *Prometeu acorrentado*.

— A autoria de *Prometeu acorrentado* é contestada. É amplamente considerado como o trabalho de um autor posterior. — A voz de Dank tinha um tom de tédio.

O sr. Brown endireitou seu corpo curto e largo e olhou para Dank com um lento sorriso que ia surgindo em seu rosto.

— Sim, é verdade, mas essa informação não estava no livro de vocês. — Ele olhou para o resto da classe sorrindo como se alguém tivesse trazido uma dúzia de donuts. — Parece que nosso amigo musical é bem-estudado.

Ouvi uma risada baixa atrás de mim e olhei por cima do ombro para ver os olhos de Dank me encarando. Será que ele lia mentes? Será que tinha superpoderes? Virei para a frente de novo e fechei os olhos, tentando deixar de lado as perguntas sobre Dank Walker que iam se alojando na minha cabeça, pelo menos por tempo suficiente para prestar atenção na aula.

— Muito bom, muito bom mesmo. Agora, conforme indicado no plano de estudos da disciplina para este ano, todos vocês devem ter comprado um exemplar de *A Oresteia: Agamenon, As Coéforas e As Eumênides*. Vamos começar nosso estudo sobre Ésquilo lendo a obra *Agamenon*. Quem trouxe o livro para a aula conforme pedi na sexta-feira?

Olhei para meus materiais. Leif não sabia que deveria ter pegado o livro no meu armário.

— Ah, e nosso aluno novo me surpreendeu mais uma vez.

Olhei para cima e vi o sr. Brown acenando com a cabeça em direção à mesa de Dank.

— É esse o livro na sua mesa, não é, sr. Walker?

— Sim, senhor — respondeu Dank, e eu estremeci involuntariamente. Pensei ter ouvido outra risadinha atrás de mim.

— Bem, então você poderia começar a leitura, por favor? Afinal, parece que o restante dos alunos nesta sala, os que de fato estiveram aqui na sexta-feira, estão sofrendo de perda de memória.

Dank pigarreou e começou a ler.

— Queridos deuses, libertem-me de toda a dor, da longa vigília que mantenho, um ano inteiro acordado... apoiado em meus braços, agachado nos telhados de Atreu como um cão. Conheço as estrelas de cor, os exércitos da noite, e lá na vanguarda os que nos trazem neve ou as colheitas de verão, traga-nos tudo o que temos... nossos grandes reis do céu, eu os conheço, quando ascendem e quando caem... e agora eu procuro a luz, o sinal de fogo irrompendo de Tróia, gritando que a cidade está tomada. Então, ela comanda, cheia de grandes esperanças.

A aula passou muito rapidamente com a voz hipnótica de Dank comandando a sala. O toque do sinal me fez dar um pulo. Balancei a cabeça, tentando sair do transe em que a leitura tinha me colocado. Levantei e peguei meus livros, sabendo que Leif estaria na porta esperando por mim, pronto para levá-los para minha próxima aula. Foi um esforço supremo não olhar para Dank.

O som de garotas rindo e das fãs bajuladoras me permitiram alcançar Leif sem que eu cedesse pelo caminho e me virasse para lançar um olhar furtivo na direção de Dank.

— Aula divertida? — Leif ergueu as sobrancelhas e acenou com a cabeça para onde eu sabia que Dank estava rodeado de admiradoras.

Dei de ombros.

— Na verdade, não. Tragédias gregas, sabe, o de sempre.

Leif me lançou um de seus sorrisos espontâneos antes de pegar meus livros.

— Fico feliz por ter tomado a iniciativa antes de Dank Walker aparecer — comentou, com uma voz brincalhona que soou forçada.

Não olhei para ele.

— O que você quer dizer?

Será que ele tinha notado o rubor rosado nas minhas bochechas quando disse o nome de Dank? Deus, eu esperava que não.

— O cara parece não conseguir tirar os olhos de você. Não que eu possa culpá-lo.

Leif deslizou o braço em volta dos meus ombros e me puxou para perto como se precisasse me abraçar. Culpa instantânea me inundou. A maneira como eu estremecia e derretia perto de Dank não era justa com Leif. Um estranho puxão dentro de mim para me virar me fez agarrar o braço de Leif para me apoiar. Talvez fosse um sonho, afinal. Era quase como se algum ímpeto ferrenho estivesse tentando me forçar a parar e virar.

— Você está bem? — A voz de Leif transbordava preocupação. Eu sabia que ele estava pensando que eu tinha ficado louca. Nada no meu modo de agir parecia lógico.

Sorri para tranquilizá-lo.

— Estou bem.

Incapaz de lutar contra aquele puxão invisível, olhei para trás e meus olhos imediatamente encontraram Dank rodeado por meninas, mas ele estava olhando para mim. Mesmo de longe, eu podia sentir o calor de seu olhar intenso.

— Ele parece pão fresquinho — Leif murmurou enquanto seu olhar seguia o meu. Virei a cabeça para trás, furiosa comigo mesma por ceder e procurá-lo. A preocupação na voz de Leif dizia tudo. Eu precisava me controlar.

— Não vejo graça nenhuma em roqueiros. Sinceramente, não tenho ideia do que ele canta ou de qual banda faz parte.

Leif beijou o topo da minha cabeça.

— Eu gostaria que a estrela do rock tivesse ouvido isso. — Ele pareceu relaxar ao meu lado.

Isso não é verdade, Pagan. Você gosta do seu pequeno concerto particular todas as noites enquanto dorme.

Paralisei, agarrando o braço de Leif com mais força. O que diabos tinha sido aquilo? Dank acabara de falar na minha cabeça? Deus, isso só podia ser um sonho! Estava ficando mais louco a cada minuto. Soltei o braço de Leif e me belisquei o mais forte que pude.

— O que você está fazendo? — Leif perguntou com uma expressão confusa.

Meu rosto esquentou. Em segundos, eu ficaria vermelho-tomate. Não tinha certeza se era pelo fato de Dank ter acabado de falar no meu ouvido, mas ele estava a um corredor inteiro de distância, ou pelo fato de que eu estava me beliscando como uma louca.

Relaxa, Pagan, ninguém me ouve além de você. Se livre desse rubor adorável no seu rosto. Seu amigo, que parece pensar que você pertence a ele, vai achar que você é louca.

Eu me virei, desta vez precisando ver onde ele estava. Foi a voz de Dank que eu ouvi. Tão claramente como se estivesse parado bem ao meu lado, falando no meu ouvido. Dank não estava bem ao meu lado. Ele estava onde eu me lembrava: parado na extremidade oposta do corredor, ouvindo uma caloura ruiva que parecia estar nas nuvens por chamar a atenção do astro do rock. Ele desviou os olhos dela e encontrou os meus. Piscou e me deu seu sorriso malicioso antes de olhar de volta para a garota ao seu lado. Engoli o medo que me percorria e me afastei dele. Será que Dank tinha realmente acabado de falar comigo do outro lado do corredor sem ninguém ouvir?

— Você está bem, Pagan? — A voz de Leif interrompeu meu momento de pânico e consegui forçar um sorriso e um aceno positivo com a cabeça.

— Sim, eu apenas pensei que tinha esquecido algo, mas não esqueci.

Leif deu uma risadinha.

— O remédio ainda está mexendo com você? — ele perguntou em uma voz que ajudou a me trazer de volta à normalidade. Ele era normal. Ele era real.

— Hum, sim, acho que está.

Se ao menos eu tivesse tomado remédio para dor hoje de manhã, como estava dizendo, poderia pôr a culpa nisso, mas eu sabia a verdade. Eu não tinha tomado nada. Eu estava ficando louca por mim mesma.

— Conversei com Leif na aula de Retórica e sugeri que nós quatro fôssemos ver um filme hoje à noite para comemorar seu retorno à escola — disse Miranda, do outro lado da mesa do refeitório. Eu estava tão perdida em pensamentos que não percebi que ela tinha se sentado na minha frente.

Ergui os olhos.

— Parece uma ótima ideia.

Miranda franziu a testa, inclinou a cabeça e se aproximou de mim.

— Você está bem?

Forcei um sorriso e confirmei. Convencer minha melhor amiga de que eu não estava pirando por dentro seria difícil. Como esperado, ela ergueu as sobrancelhas e me lançou um olhar de "Não acredito em você", enquanto se inclinava um pouco mais para trás. Felizmente, Wyatt escolheu aquele momento para se juntar a nós, então ela não teria a chance de me investigar mais.

— Esta noite, depois que Leif terminar o treino, todos nós vamos ao cinema para celebrar a recuperação da Pagan.

Wyatt olhou para mim com uma expressão preocupada.

— Você está pronta para isso?

Fiz que sim.

— Claro, me sinto muito melhor. Eu preciso sair e fazer algo normal.

O sorriso de Miranda voltou.

— Então está resolvido. Agora, só falta decidir que filme vamos ver. — Os olhos de Miranda fitaram algo acima da minha cabeça. — Ai, fala sério — ela reclamou.

Olhei para trás para ver o que ela achava tão irritante. Kendra entrou com o braço enlaçado no cotovelo de Dank, sorrindo timidamente enquanto ele falava com ela. Era óbvio que ele gostava da atenção de Kendra. Dank não seria o primeiro homem vítima das atenções dela, afinal, Kendra era o pacote completo de perfeição — se deixássemos de fora a parte da personalidade. Virei a cabeça de volta, esperando poder encobrir as emoções que se agitavam no meu estômago. A visão dela de braço dado com ele me deixou um pouco enjoada.

— Tinha que ser a Kendra para pegar o roqueiro famoso — Miranda comentou em tom enojado antes de dar uma garfada em sua salada.

— Espero não estar ouvindo ciúme na sua voz. Considerando que isso seria um golpe para o meu ego — Wyatt provocou, e Miranda olhou para ele.

— Claro que não. Eu só queria que Dank Walker não tivesse decidido dar atenção àquela vadia nojenta. Existem muitas outras garotas bonitas nesta escola que seriam escolhas muito melhores.

Wyatt riu.

— Tipo quem?

Miranda encolheu os ombros.

— Não sei. Apenas alguém que não seja a Kendra.

Wyatt riu alto e balançou a cabeça.

— O que eu perdi? — Leif perguntou ao se sentar do meu lado.

— Nada — respondi, um pouco rápido demais.

Wyatt acenou com a cabeça na direção de onde Dank e Kendra estavam em uma mesa sozinhos.

— Ao que parece, a Miranda acha que qualquer uma teria sido uma escolha melhor para a estrela do rock do que a Kendra.

Leif concordou.

— Ela provavelmente está certa, mas, desde que ele pare de cobiçar a minha garota, não me interessa pra quem ele quer dar atenção.

Miranda ergueu as sobrancelhas para mim em surpresa.

— Sério, ele está te cobiçando?

Revirei os olhos.

— Não. — Minha resposta rápida nem parecia crível aos meus próprios ouvidos.

— Sim, ele está — disse Leif, pegando minha mão por baixo da mesa. Ele me deu um aperto suave, como se quisesse me tranquilizar.

Suspirei e relaxei. Não adiantava discutir com ele; eu sabia que Dank me olhava com mais frequência do que qualquer outra pessoa. Eu não tinha percebido como eu me sentia possessiva em relação a ele até que vi Kendra chamando sua atenção. Ele podia muito bem ir cantar para fazer Kendra dormir com seu violão e música assustadoramente linda. Ouvi uma risada baixa e me virei para Leif e Wyatt, que estavam com a boca cheia de comida. Paralisei e olhei de volta para a mesa onde Dank estava sentado em uma conversa particular com Kendra. Seus olhos deixaram os dela e se desviaram para mim com um olhar divertido antes de voltar para a loira perfeita ao lado dele.

CAPÍTULO 6

— Acredito que este é seu primeiro jogo de futebol americano — minha mãe disse, sorrindo da pia da cozinha, onde ela estava escorrendo macarrão de gravatinha.

Dei de ombros.

— Acho que sim.

Ela olhou para mim.

— E você vai sair com o quarterback quando acabar?

Comecei a responder, quando uma alma entrou na cozinha pelas portas fechadas do pátio. Enrijeci. Já fazia muito tempo que a última alma tinha vagado pela nossa casa. Essa parecia jovem. Seu cabelo caía nas costas em longos cachos loiros encaracolados, que pareciam flutuar em torno da cintura. Comecei a seguir o padrão e a agir como se não a visse, mas ela parou bem na minha frente e começou a me estudar. Seus olhos pareciam translúcidos e seus cílios eram incrivelmente longos, mas tão loiros que eram quase imperceptíveis. Ela inclinou a cabeça de lado enquanto se aproximava de mim, me olhando como se eu fosse algum tipo de experimento científico que a intrigava.

— Querida? — A voz da minha mãe me acordou do transe. Desviei o olhar da alma, o que foi difícil porque ela estava tão perto de mim que eu podia estender a mão e tocá-la.

— Hum, sim, desculpe.

Minha mãe não parecia mais estar achando graça. Ela franziu a testa, olhando para mim com o escorredor de macarrão esquecido em suas mãos.

— Você está bem, Pagan? Talvez devesse ficar em casa e descansar. Uma semana inteira de escola deve ter sido difícil depois do que você passou.

Obriguei-me a não tremer quando uma mão fria tocou meu cabelo.

— É bonito. — O som musical da voz da alma me assustou. Eu me afastei dela bruscamente.

— Pagan?

Respirei fundo para me acalmar e forcei um sorriso que eu esperava que fosse normal.

— Estou bem, só um pouco nervosa. Preciso terminar de me arrumar antes que Miranda e Wyatt cheguem aqui.

Mamãe assentiu e seu sorriso voltou.

— Tudo bem, então. Acho que o nervosismo é compreensível quando alguém está saindo com um gatinho daquele. — Ela piscou e eu segurei um sorriso falso antes de me virar e fugir da cozinha. Fechei a porta do quarto e me virei para observar se a alma me seguia.

— Você está me procurando? — A voz musical veio atrás de mim.

Eu me virei, surpresa, e soltei um grito assustado.

— O que você está fazendo? — perguntei, confusa.

Por que as almas tinham começado a falar comigo? Ela riu e o som era semelhante às badaladas de sininhos.

— Está marcada — ela disse simplesmente e se aproximou de mim. Estendi as duas mãos como se isso fosse impedi-la.

— Não chegue mais perto — alertei, percebendo pela primeira vez na vida que estava completamente apavorada com uma alma.

Ela franziu a testa.

— Você não é muito amigável.

Deixei escapar uma risada curta.

— O quê? Não sou amigável com um fantasma que entra flutuando na minha casa e começa a me tocar? Bem, desculpe a grosseria, mas isso é um pouco perturbador.

Sua expressão intrigada pareceu assumir uma expressão compreensiva.

— Ah, sim. Bem, acho que presumi que você estava acostumada com a gente.

Então ela sabia que eu podia ver almas.

— Quem é você? — perguntei, desejando que minha voz pelo

menos soasse firme em vez de tremer de forma tão evidente. Ela não respondeu, mas voltou a me estudar em silêncio. — Preciso me preparar para sair antes que meus amigos cheguem. Se você não tem nenhum propósito para estar aqui, poderia simplesmente ir vagar em outra casa?

Sua risada tilintante encheu meu quarto novamente.

— Eu não saio vagando pelas casas das pessoas — ela respondeu como se eu tivesse acabado de dizer a coisa mais idiota que ela já tinha ouvido. — Está marcada — ela repetiu, abrindo um grande sorriso.

Comecei a perguntar ao que se referia, quando, mais uma vez, fiquei sozinha no quarto. Girei em um círculo, esperando vê-la vagando, mas ela havia desaparecido. Precisando ouvir a normalidade do canto desafinado da minha mãe enquanto ela preparava o jantar, abri a porta do quarto. Eu precisava ver Dank. Eu queria respostas. Antes dele, as almas não falavam comigo. Eu gostava daquele jeito; gostaria que continuasse daquele jeito. Não me agradava a ideia de almas vindo até mim, me tocando e falando comigo. Eu conseguia lidar com a presença delas, mas preferia ignorá-las em troca de ser tratada como todo mundo. Fiz mais uma varredura rápida no quarto com o olhar e fechei a porta silenciosamente. Colocando alguma distância entre mim e a porta, fui até o outro lado do quarto. A última coisa de que eu precisava era minha mãe ouvindo o que eu estava prestes a fazer.

— Dank — chamei em voz alta.

Ele tinha falado comigo do outro lado de um corredor lotado. Achei que poderia me ouvir em qualquer lugar, mas eu não era nenhuma especialista em chamar almas. Nunca senti a necessidade de chamar nenhuma antes. Esperei, mas nada aconteceu. Eu me virei para olhar atrás de mim.

— Dank? — repeti, me sentindo estúpida. O quarto permanecia vazio. Com um suspiro de derrota, voltei para a porta do meu quarto e a abri novamente. Eu precisava parar de brincar com o sobrenatural e me preparar.

— VAI, PIRATES! — Miranda gritou, de seu assento ao meu

lado. Só faltavam dois *touchdowns*, e o público começava a gritar loucamente. A quatro minutos do fim do jogo, eu não tinha visto Dank em lugar nenhum. Aparentemente, Kendra também não, porque eu a via no campo de futebol torcendo. Ela não parava de procurar por ele na multidão. Os motivos dela para querer vê-lo eram completamente diferentes dos meus, é claro; sem mencionar o fato de que os dela não eram tão importantes. Com cada franzido em seu rosto, eu sabia que ela não tinha visto o evasivo Dank Walker. Eu precisava encontrá-lo antes que o jogo terminasse. Sair com Leif depois para comemorar a vitória seria prejudicado pelas perguntas não respondidas que continuavam na minha cabeça.

— Quer parar de ficar procurando a estrela do rock na multidão e cuidar do seu namorado? — Miranda sibilou no meu ouvido. Eu deveria saber que ela me entenderia.

Fiz uma careta.

— Não estou procurando a estrela do rock. Futebol americano simplesmente me entedia.

Miranda riu e revirou os olhos.

— Só você para sair com o quarterback de dar água na boca e depois admitir que está entediada com o futebol.

Dei de ombros e voltei minha atenção para o que estava acontecendo no campo. No momento em que meus olhos pousaram em Kendra, vi seu rosto se iluminar. Ela estava se aproximando de alguém no fim das arquibancadas. Eu não conseguia vê-lo de onde estava sentada, mas sabia que ele tinha chegado. Essa seria a única razão pela qual Kendra teria trocado sua expressão irritada por uma de prazer absoluto. Olhei para Miranda e Wyatt, que estavam assistindo ao jogo. A expressão de Kendra não era algo em que eles estavam prestando atenção.

Peguei minha bolsa.

— Vou pegar uma bebida, vocês querem? — ofereci, esperando que dissessem "não". Eu não queria ninguém me apressando. Precisava encontrar Dank sozinha e conseguir algumas respostas.

Miranda olhou para mim enquanto eu me levantava e balançou a cabeça.

— Não, o jogo está quase acabando e vamos comemorar no Grill. Podemos comprar bebidas lá.

Coloquei a bolsa no ombro.

— Estou com sede agora. Encontro vocês no campo quando o jogo acabar.

Miranda espiou ao meu lado, procurando na multidão. Não tive que perguntar para saber que ela estava procurando Dank. Felizmente, ele não estava à vista.

Miranda olhou para mim e encolheu os ombros.

— Tá.

Virei as costas e me afastei rapidamente antes que ela visse Dank ou decidisse que queria algo da lanchonete.

Dank estava com os braços cruzados, como se estivesse entediado, assistindo ao jogo no campo. Seus olhos encontraram os meus no momento em que apareci virando de um canto. Um pequeno sorriso tocou seus lábios. Não tinha tempo de lidar com seus comentários engraçadinhos sobre eu ter ido procurá-lo.

— Preciso falar com você a sós, agora — eu disse em um sussurro enquanto passava por ele e entrava no estacionamento escuro. Não me virei para ver se ele me seguia. Eu podia sentir sua presença. Assim que soube que estávamos fora da vista de todos, me virei e o encarei. — Quem é ela? — questionei.

Dank franziu a testa.

— Seja mais específica, por favor.

Suspirei e fechei os olhos para me proteger da distração que seu olhar sempre me causava. Vê-lo ao luar dificultava a minha concentração.

— A alma que entrou na minha casa, me tocou e falou comigo. Ela disse "está marcada" para mim duas vezes.

Dank ficou visivelmente tenso e se aproximou de mim.

— O quê? — ele perguntou com um olhar de surpresa no rosto.

— Uma alma entrou na minha casa. Ela me tocou e falou comigo. As almas nunca falaram comigo antes de você. Ela até entrou no meu quarto — sussurrei, com medo de que alguém pudesse me ouvir.

— Ela disse "está marcada"? — ele indagou com um tom tenso na voz.

Eu notava que ele estava tentando se conter; só não sabia por que estava com raiva. Confirmei balançando a cabeça, observando-o atentamente. Ele adentrou mais na escuridão e então voltou seu olhar furioso para o céu.

— Não brinque comigo, porra — disse ele com uma voz alta, fria e dura. Recuei, sem ter certeza de com o que ele estava gritando. Ele ficou de costas para mim, respirando fundo, e eu esperei, arrependida de tê-lo trazido ali para a escuridão sozinho.

Ele se virou lentamente. Mesmo na escuridão, eu podia ver claramente seus olhos azuis, que me lembravam de safiras brilhantes refletindo os raios do sol.

— Vou ficar de olho. — Sua voz soou muito mais profunda do que antes. Dei um passo para trás, apavorada com o brilho assustador em seus olhos e com o rosnado que eu podia ouvir vindo do fundo de seu peito.

— Se ela chegar perto de você ou se qualquer outra... alma... chegar perto e falar com você de novo, avise que você vai contar pra mim. Está entendendo?

Fiquei com medo. Não de Dank, mas de... alguma coisa.

— Quem é ela? — insisti.

Um olhar torturado surgiu em seu rosto antes que ele se afastasse de mim.

— Alguém que veio consertar um erro.

Eu me aproximei dele, precisando saber mais, mas ele balançou a cabeça em protesto e então se foi. Fiquei sozinha no estacionamento escuro. À luz dos eventos atuais, eu não gostava de estar ali sozinha. Mesmo se eu soubesse que Dank estava perto o suficiente para vir se eu o chamasse. Aplausos irromperam do campo, sinalizando que o jogo havia terminado. Minhas perguntas ainda não tinham sido respondidas. Frustrada com Dank e com sua determinação de ser evasivo, embora ele parecesse ser a causa da minha vida bagunçada no momento, voltei rapidamente para o estádio bem iluminado. O campo estava cheio de torcedores do Pirates comemorando enquanto eu caminhava para a multidão de alunos e pais. Comecei a procurar por Miranda e Wyatt. Uma risada familiar chamou minha atenção, e me virei para ver Kendra com as mãos no peito de Dank enquanto ele olhava para ela com um sorriso. Fiquei dura.

Ele parecia despreocupado e satisfeito com a atenção da líder de torcida loira, quando, momentos atrás, ele estava xingando o céu e me dizendo para ameaçar quaisquer outras almas falantes com as quais eu me deparasse. Era difícil de resistir ao desejo de caminhar até Kendra e puxá-la pelos cabelos até que ela estivesse a uns bons três metros de Dank. Seus olhos saíram de Kendra e me encontraram. Ele acenou com a cabeça como se fosse dizer "olá" e olhou de volta para a garota em seus braços. Engoli o sentimento de traição e desviei meus olhos dos dois. Dank não pertencia a mim, então ele não estava realmente me traindo. Esse lembrete não fez eu me sentir melhor. Às vezes, parecia que Dank Walker e a alma eram dois seres completamente diferentes. Na alma, eu confiava. Dank Walker me confundia.

— Pagan! — A voz de Miranda atravessou as vozes em celebração. Eu me virei, não tendo certeza se poderia encará-la agora. Olhei de volta para o estacionamento, pensando em uma maneira de escapar, mas minha casa não parecia mais segura. A bela alma loira me assustava. — Pagan? — Miranda chamou novamente, e voltei minha atenção para a multidão, sabendo que deveria ir até ela. Leif estaria me esperando. No entanto, o eu que ele receberia não era o que ele merecia. Eu não estava feliz por causa da vitória. Em vez disso, estava com medo do desconhecido.

Vá até eles. Estou aqui. Você está segura.

A voz de Dank soou alta e clara por cima das vozes animadas da multidão. Assim como antes, ninguém mais parecia ouvi-lo. Procurei entre os rostos ao meu redor pela sua face familiar.

— Caramba, Pagan, você é surda! Onde você estava? Vamos. — Miranda agarrou meu braço e começou a me puxar de volta através da multidão vitoriosa. Eu a deixei me puxar e me forcei a sorrir. Leif esperava que eu sorrisse. Miranda e Wyatt esperariam que eu sorrisse. Eu acabaria sendo diagnosticada como maluca se não conseguisse me controlar. — Ali está ele! — Miranda gritou de volta para mim enquanto me puxava para Leif.

Ele tinha acabado de sair do vestiário, recém-trocado, vestindo um jeans desbotado e uma camisa limpa. Respirei fundo e coloquei um sorriso no rosto. Ele olhou em nossa direção e eu acenei. Um enorme sorriso apareceu em seu semblante e ele correu em minha direção. Antes que eu percebesse, ele estava me puxando contra seu peito. Não tive tempo de me preparar para seus lábios cobrindo os meus. Seus braços ao meu redor eram gentis por causa das minhas costelas que ainda estavam se recuperando. Ele me despertava lembranças de calor e segurança. Corri as mãos em seu peito, na esperança de abraçá-lo um pouco mais e fingir que realmente estava segura. Suas mãos deslizaram no meu cabelo e inclinaram minha cabeça para trás enquanto ele aprofundava o beijo. Eu o absorvia. Eu precisava daquele senso de normalidade, da falsa sensação de segurança. Leif era real e representava todas as coisas seguras – eu precisava dessa conexão com o mundo. Precisava do que ele oferecia agora. No entanto, dançando perigosamente no fundo da minha mente, estavam os pensamentos de outra boca, que parecia agitar coisas muito mais selvagens dentro de mim, um desejo que representava todas as coisas que eu temia. Fechei os olhos com mais força, tentando lutar contra a vontade de ter os braços de Dank me puxando para perto, seus lábios perfeitamente esculpidos contra os meus. Isso era seguro. Leif era saudável para mim.

Ele interrompeu o beijo e se afastou apenas um pouco. Sua respiração, eu percebi, era irregular, ao contrário da minha. Ele parecia atordoado.

— Foi ainda melhor do que eu imaginava — disse ele, sem fôlego. A familiar pontada de culpa com a qual eu vinha lidando desde que Dank me irritara me lembrou que Leif era a escolha certa.

— Ok, vocês dois precisam ir para um maldito quarto ou parar para respirar para que possamos ir comer um pouco. Estou faminto. — A voz zombeteira de Wyatt invadiu o pequeno mundo em que estávamos perdidos no meio da multidão.

Leif piscou para mim e passou o braço em volta do meu ombro.

— Vamos comer — concordou ele, sorrindo como um garotinho que acabava de receber um doce. Eu me apegava a Leif por causa do que ele representava na minha vida, não porque eu o desejava, mas empurrei essa constatação para fora da minha mente. Pensar nisso só piorava a culpa.

— Depois do jogo de hoje, não vejo como os olheiros podem ficar longe — disse Wyatt, sorrindo em nosso nicho no restaurante, na frente de mim e Leif.

Leif deu uma risadinha.

— Um único jogo não vai trazer os olheiros da faculdade, você sabe disso.

Wyatt levou uma batata frita à boca.

— Mais alguns como esse e eles vão vir — garantiu ele, seguro de si.

O polegar de Leif esfregou minha mão. Ele tinha começado a segurar minha mão sempre que estávamos juntos. Era fofo.

— Oh, droga, eles tinham que vir para cá? Quero dizer, fala sério, por que ele simplesmente não leva a garota-polvo para um motel e nos deixa comer em paz? — Miranda reclamou, irritada, lançando um olhar cheio de significado na minha direção. Olhei e vi Dank entrando pela porta com uma Kendra muito pegajosa ao seu lado. Peguei meu refrigerante e decidi estudar os cartões de visita colocados embaixo do acrílico da mesa.

— Acho que a única maneira de ela chegar mais perto dele seria agarrá-lo com as pernas e ele ser forçado a carregá-la no colo — disse Miranda, em um tom de repreensão.

Wyatt riu.

— Tudo bem, Miranda, deixe a pobre garota em paz. Parece que a estrela do rock está ocupada impedindo que ela o moleste em público. Ele não precisa que você faça comentários maliciosos.

Miranda riu, se inclinou e colocou a cabeça no ombro de Wyatt.

— Molestar? Gostei dessa. Queria ter pensado nisso.

Wyatt balançou a cabeça enquanto colocava outra batata frita em sua boca sorridente.

Leif suspirou.

— Ela tem problemas que a fazem agir desse jeito.

Olhei para ele e percebi que ele parecia estar mais preocupado do que achando graça.

Miranda revirou os olhos.

— Você saberia. Namorou com ela por três anos.

Leif olhou para mim.

— Sim, namorei, mas só porque a única garota que eu realmente queria parecia me detestar.

Sorri e apertei sua mão.

— Eu fui idiota. — Era verdade. Conhecer Leif havia me ensinado que julgar os outros não era apenas errado, mas fazia com que a gente perdesse amizades com pessoas especiais.

Seus olhos ficaram sérios e ele se inclinou, mas parou logo antes de seus lábios tocarem os meus.

— Você é brilhante. Talvez um pouco lenta na arrancada, mas brilhante mesmo assim.

Ele me beijou de leve. Mais uma vez, eu me senti segura. Um rosnado profundo me assustou e me afastei, olhando para Leif para ver se era ele que estava rosnando. A cara franzida e surpresa me disse que não tinha sido ele. Seu polegar roçou meu lábio inferior e o rosnado recomeçou. Definitivamente não era Leif que estava fazendo ruídos animalescos.

— Você está bem? — ele perguntou baixinho.

— Desculpe, pensei que você tinha dito alguma coisa — expliquei, forçando um sorriso.

Ele sorriu também e tirou a mão do meu rosto. O rosnado diminuiu e eu olhei ao redor pelo salão. Dank estava sentado a uma mesa de canto ao lado de Kendra, que parecia estar conversando animada com outra líder de torcida ao lado deles. Seus olhos escuros me observavam com um brilho possessivo. Tinha sido ele. Ele havia rosnado. Como ele estava fazendo aquilo? Eu podia sentir Miranda me observando e não queria que ela me fizesse mais perguntas. Voltei para minha comida e forcei uma batata frita na boca. Leif e Wyatt recomeçaram a falar sobre o jogo, então tive tempo de voltar a me concentrar nos meus amigos e em Dank. Leif se recostou no assento do nicho e soltou minha mão, deslizando a sua por trás dos meus ombros e, em seguida, gentilmente me puxando para junto dele.

Miranda sorriu e me perguntou:

— Então, quando vamos escolher nossos vestidos para o baile?

Fiz uma careta para ela. Leif e eu não tínhamos conversado sobre o baile. Estávamos juntos, mas ele não tinha dito nada sobre me levar. Eu já tinha decidido ficar em casa e assistir a filmes antigos e comer pipoca na noite da festa. Miranda desviou os olhos de mim para Leif algumas vezes, como se estivesse avaliando a situação.

— Você a convidou, né? — ela indagou com um tom irritado.

Leif virou a cabeça e olhou para mim.

— Achei que estava subentendido. Eu deveria convidar? — Sua expressão preocupada era adorável. Sorri para ele, na esperança de tranquilizá-lo. Eu não queria chateá-lo. Ele parecia muito sensível emocionalmente.

— Leif, você sempre deve convidar uma garota para um baile. Presumir é uma coisa ruim. — O tom corretivo de Miranda me fez rir.

A expressão de Leif relaxou um pouco e ele deslizou o dedo embaixo do meu queixo e gentilmente acariciou minha mandíbula com a ponta do polegar.

— Pagan, você me faria a honra de ir comigo ao baile? A perspectiva de não poder ter você em meus braços a noite toda é de partir o coração.

Miranda suspirou do outro lado da mesa.

— Tá, isso foi lindo. Por que você não me convidou assim? — ela perguntou para Wyatt, que fez uma cara aborrecida para Leif.

— Valeu, cara. Será que, da próxima vez que decidir esbanjar seu lado romântico, você poderia fazer isso sozinho?

Eu ri, e Leif continuou olhando para mim. Fiz que sim e ele se inclinou para me beijar. Eu me preparei mentalmente para o rosnado e, no momento em que o ouvi, baixo e raivoso nos meus ouvidos, eu sorri.

CAPÍTULO 7

No momento em que tentei abrir a porta da frente e a encontrei trancada, soube que estava com problemas. O bilhete da minha mãe no balcão, dizendo que ela e Roger tinham saído para uma sessão de filme que iria começar tarde da noite, me fez estremecer de medo. Eu não queria ficar sozinha em casa. Não tinha pedido a Miranda para passar a noite comigo porque planejava dormir na cama com minha mãe. Entrei no meu quarto e examinei cada centímetro em busca de longos cabelos loiros. Nenhum sinal da alma apavorante. Olhei para o banheiro e pensei no banho que eu realmente queria, mas entrar lá, ligar o chuveiro e fechar a cortina me assustava. Eu não parava de ter visões de filmes de terror a que tinha assistido, nos quais coisas ruins aconteciam quando alguém entrava no chuveiro. Eu nunca seria capaz de tomar banho sem minha mãe em casa. Talvez nem mesmo assim. Ah, que droga! Eu ia me tornar a incrível garota fedorenta! Se eu tentasse convencer minha mãe a entrar no banheiro comigo para que eu pudesse tomar banho, ela pensaria que eu tinha enlouquecido. Larguei o corpo para me sentar na minha cama e soltei um suspiro de derrota.

— Qual é o problema? — uma voz perguntou da porta. Eu me levantei com um sobressalto, gritando. No entanto, o grito morreu quase imediatamente quando vi Dank encostado no batente da porta, me observando.

— Dank. — Respirei fundo para acalmar meu coração acelerado.

— Desculpe, não sabia que você ficava tão abalada com isso — disse ele, franzindo a testa e entrando no quarto.

Me acomodei mais para trás na cama e soltei um suspiro de derrota.

— Bem, me desculpe se almas estranhas começaram a aparecer

na minha casa, a falar comigo e a me tocar, porque isso me assusta um pouco. — Lancei a ele um olhar acusatório. — Aí, eu te pergunto sobre isso e você blasfema na escuridão e fica bravinho.

Ele se aproximou e se sentou na ponta da minha cama.

— Me desculpe por aquilo. Eu não deveria ter te assustado daquele jeito. — Não havia como confundir o tom preocupado de sua voz.

— Bem, você pode me dizer o que está acontecendo. Quem ela é? — perguntei. Ele balançou a cabeça e imediatamente desviou o olhar de mim.

— Não, essa é a única coisa que não posso fazer por você. Pode me fazer qualquer outro pedido no mundo, Pagan, e te garanto que vai ser seu, mas te falar sobre isso eu não posso. — Sua voz soava intensa e dolorida ao mesmo tempo. Aquilo me decepcionou, mas eu sabia que pressionar o assunto era inútil.

— Por que você está aqui, então? — indaguei, me lembrando de como menos de uma hora atrás eu o havia deixado em uma mesa de canto com Kendra aconchegada ao seu lado. Ele se levantou, foi até a janela e olhou para fora.

— Até eu saber que está tudo bem... até que eu cuide do que deve ser feito, vou passar as noites aqui no seu quarto. — Ele se virou para mim com uma expressão determinada. — Tenho que proteger você. — Ele apontou para a porta. — Se quiser ir tomar banho, vou cuidar para que esteja completamente segura enquanto isso.

Caramba, como eu queria um banho. Comecei a me levantar e me sentei novamente, olhando para ele.

— Você consegue ler a minha mente? — Aquela não era a primeira vez que ele sabia o que eu estava pensando.

Ele abriu um sorriso malicioso para mim.

— Não exatamente. É mais como se eu pudesse sentir seus medos com tanta força que conseguisse ouvi-los.

Balancei a cabeça e pensei na vez em que ele riu, quando apenas eu podia ouvi-lo, como se ele tivesse me ouvido no refeitório pensando nele e em Kendra.

Eu o encarei.

— Você me ouviu no refeitório quando estava com Kendra; eu não fiquei com medo naquela hora.

Ele ergueu as sobrancelhas um pouquinho.

— Você não ficou?

Meu rosto esquentou e eu me virei e saí do quarto antes que ele pudesse me ver corar.

Comecei a fechar a porta do banheiro, quando me virei e olhei para as paredes, sabendo que uma alma poderia entrar a qualquer momento. Olhei de volta para o corredor, e vi Dank deitado na minha cama. Ele não poderia ver a alma se ela entrasse no banheiro. Ele virou a cabeça imediatamente para mim e um lento sorriso malicioso se formou em sua boca.

— Eu adoraria te acompanhar até o banheiro enquanto você toma banho. Se eu fosse realmente tão perverso quanto você pensa, faria exatamente isso. No entanto, posso sentir com antecedência a intenção de qualquer alma que deseje entrar nesta casa antes que isso aconteça. Eu estaria ao seu lado antes de qualquer outra pessoa. Você está segura comigo bem aqui — ele concluiu, dando uma piscadela.

Fechei a porta rapidamente antes que ele dissesse mais alguma coisa que me deixasse envergonhada.

Vesti uma calça de moletom cortada em bermuda e uma regata em vez da camisola habitual. Se eu estava prestes a ter companhia enquanto dormia, precisava usar roupas. Meu coração disparou ao pensar em Dank no meu quarto, na minha cama, e respirei fundo várias vezes para acalmar meus pensamentos e emoções.

— Pagan, querida, você está no banheiro? — minha mãe chamou do corredor. Abri a porta e olhei além dela para a cama onde Dank ainda estava deitado.

— Ela não pode me ver nem ouvir. Acalme-se.

Olhei para minha mãe, que estava sorrindo na porta.

— Você se divertiu com o Leif?

— Sim, ganhamos o jogo e depois fomos com a Miranda e o Wyatt para o Grill. Foi bem legal — contei, pensando nele me beijando, e mais uma vez minha mente voltou para o homem incrivelmente sexy e não humano no meu quarto, que eu não conseguia tirar da minha cabeça.

Minha mãe riu.

— Legal, hein? Pobre garoto, ele não tem a menor ideia de que você é um osso duro de roer. Ah, bem, está tudo bem por enquanto. Um dia, o cara certo vai aparecer e você vai ficar tão arrebatada que nem vai conseguir enxergar direito. Aproveite os outros até lá. — Ela beijou minha bochecha e foi para seu quarto.

Quando entrei no meu, olhei para o que parecia ser um Dank adormecido. Fechei a porta do quarto suavemente, não querendo acordá-lo. Ele abriu os olhos e olhou para mim, sorrindo.

— Nenhuma chance de você me deixar dormir na cama também, né?

Balancei a cabeça e ri.

— Não, nenhuma.

Ele suspirou e se sentou.

— Eu já tinha imaginado, mas estava esperando por um momento de piedade da "osso duro de roer".

Fiz uma careta, odiando que ele tivesse ouvido minha mãe. Eu realmente não queria que Dank soubesse que eu não estava completamente apaixonada por Leif. Era melhor assim. Fui até meu armário em busca do saco de dormir que eu havia comprado para acampar no verão anterior.

— Eu não durmo, Pagan, estava só brincando com você.

Eu me virei e franzi as sobrancelhas.

— Ok, acho que faz sentido... para almas normais. Elas não têm corpo, mas você tem, só que depois não tem mais. É como se você pudesse escolher se quer ser humano ou alma. Isso não é normal, é? — perguntei, sem saber exatamente como aquilo funcionava. A única coisa que eu sabia era que não funcionava da maneira como sempre tinham me ensinado. A Escola Dominical tinha falado tudo errado.

Ele riu e se sentou na poltrona ao lado da minha janela.

— Eu não sou uma alma apenas. Isso é tudo que você pode saber.

Ele pegou o violão que eu não tinha notado, no canto atrás da cadeira.

— Vá dormir, Pagan. Você está segura e precisa descansar. — Ele começou a dedilhar o violão e eu me virei para a cama e puxei as cobertas antes de deitar. As luzes se apagaram e olhei para Dank. — Não precisa dormir com as luzes acesas, porque pra mim tanto faz: consigo enxergar das duas formas — explicou ele.

Fiz que sim e me forcei a fechar os olhos. Eu queria fazer mais perguntas, mas sabia que ele não iria respondê-las naquela noite. O som da música começou a me acalmar. A voz baixa de Dank se juntou ao violão e eu me perdi no som e na segurança de sua presença...

"Você não foi feita para o gelo, você não foi feita para a dor.
O mundo que vive dentro de mim não era o mundo que deveria conter você.
Você foi feita para castelos e para viver ao sol. O frio que corre em mim deveria ter feito você fugir.
Apesar disso, você fica. Segurando-se em mim, apesar disso, você fica, estendendo a mão que eu afasto. O frio não é feito pra você, mas você fica, você fica, você fica. Quando eu sei que não é certo pra você.
O gelo enche minhas veias e não consigo sentir a dor, mas você está lá como o calor que me faz gritar de medo.
Não consigo sentir o calor que preciso para sentir o gelo.
Quero segurar tudo e anestesiá-lo até não conseguir sentir a faca.
Seu calor ameaça derreter tudo e sei que não posso suportar a dor se o gelo derreter.
Então eu te afasto e grito seu nome e sei que não posso precisar de você, mas você cede mesmo assim, e eu corro, desejando que você corresse também.
Apesar disso, você fica. Segurando-se em mim, apesar disso, você fica, estendendo a mão que eu afasto. O frio não é feito pra você, mas você fica, você fica, você fica. Quando eu sei que não é certo pra você.

A escuridão é meu escudo. Eu o puxo ainda mais para perto.
Você é a luz da qual me escondo, a luz que odeio. Você é a luz dessa escuridão e não posso deixar você ficar.
Preciso da escuridão ao meu redor como preciso do gelo nas minhas veias.
O frio é que me cura. O frio é meu lugar seguro. Você não é bem-vinda com seu calor, seu lugar não é ao meu lado.
Eu te odeio, mas te amo, não quero você, mas te necessito.
A escuridão sempre será meu manto e você é a ameaça para desvendar minha dor, então vá embora. Vá embora e apague as memórias.
Preciso enfrentar a vida que é destinada a mim. Não fique e estrague todos os meus planos.
Você não pode ter minha alma, eu não sou um homem.
A casca vazia em que vivo não foi feita para sentir o calor que você traz. Eu te afasto e te afasto.
Apesar disso, você fica."

O som do canto desafinado da minha mãe e o cheiro de bacon me acordaram. Depois de me espreguiçar, apertei os olhos para protegê-los da claridade do sol matinal. A noite anterior voltou lentamente à lembrança, então eu me sentei na cama e olhei para a poltrona agora vazia. Olhei pelo quarto e percebi que estava sozinha. Ele tinha me deixado aqui? Eu tinha confiado nele para me manter segura. Levantei com a necessidade de abrir a porta e ficar perto da minha mãe. Ficar sozinha não estava na minha "lista de tarefas". Eu me virei e percebi que o violão estava no canto. Uma pequena fração de conforto retornou a mim naquele momento, sabendo que uma parte dele estava presente. No entanto, um violão não era ele, então corri escada abaixo.

— Bom dia, flor do dia — saudou minha mãe, do fogão. Ela colocou um pedaço de bacon em um prato forrado com papel toalha.

— Bom dia — respondi em uma voz rouca do sono profundo em que estivera.

Um *hum-hum* de uma garganta masculina me assustou e me virei para ver Dank sentado no sofá, me olhando.

— Você pensou que eu tinha ido embora. Eu te falei que ficaria — disse ele, sorrindo.

Soltei um suspiro de alívio e abri um sorriso fraco.

— Aqui, querida, vá buscar uma panqueca antes que esfriem e pegue um pouco de bacon. O café está fresco, se você quiser. — Ela riu. — Parece que você precisa de algo que te dê ânimo.

Sorri e fui preparar um prato.

— O cheiro está gostoso — elogiou Dank, de seu lugar no sofá. Franzi a testa, preocupada por ele não ser capaz de comer.

Ele riu.

— Não tem problema, Pagan, eu não preciso de comida. É uma vantagem. — Servi uma xícara de café e coloquei açúcar e leite nela antes de ir para a mesa. — Parece que você dormiu bem — disse ele, observando minha aparência. Corei, pensando no meu cabelo despenteado, o que não tinha resolvido devido à fuga apressada do meu quarto vazio. — Nem pense em escová-lo. Eu gosto assim, é sexy.

Revirei os olhos, afundei na cadeira, e comecei a comer.

— Então, quais são seus planos para esta manhã, flor do dia? — minha mãe perguntou da cozinha. Olhei-a enquanto ela preparava o próprio prato.

— Hum, vou comprar um vestido para o baile com a Miranda, o Wyatt e o Leif.

Dank deu uma risadinha.

— Então Leif vai de vestido?

Olhei para ele e depois me virei para minha mãe quando ela se sentou à mesa na minha frente.

— Ah, então o Leif te convidou para ir ao baile? Que legal! Você pode levar o cartão de crédito. Só não vá trazer nada vermelho ou amarelo. Essas cores não ficam boas na sua pele.

Fiz um sinal afirmativo com a cabeça e dei outra garfada.

— Azul, azul-claro — Dank falou baixinho como se estivesse pensando consigo mesmo. Mantive os olhos na minha comida.

— Eu tenho um encontro com o computador hoje. Meu manuscrito mais recente está quase terminado. Estou mais animada com esse mais do que com qualquer outro. — A voz dela assumiu o tom alegre que só tinha quando ela falava de sua escrita.

— Ou, melhor ainda, um rosa bem clarinho — disse Dank, e eu enrijeci. Suas palavras pareceram uma carícia e eu precisei de todas as minhas forças para não tremer. Ele riu, levantou-se e caminhou em direção à porta. Eu queria perguntar para onde ele estava indo, mas não podia fazer isso com minha mãe sentada ali.

— Finalmente, podemos ir comer. Estou morrendo de fome. — Wyatt deu um suspiro de alívio com a sacola contendo o vestido de Miranda pendurada em seu ombro.

— Ah, fala sério, não foi tão ruim assim. Quer dizer, conseguimos encontrar os vestidos perfeitos em menos de quatro horas. Eu diria que foi bastante impressionante. — Miranda deu um sorriso presunçoso.

Wyatt riu.

— Não, você demorou quatro horas. A Pagan escolheu o dela em uma. Leif já teve tempo de levar a sacola dela para o carro e comer um taco enquanto esperávamos por você.

Leif ergueu as duas mãos.

— Me inclua fora dessa. — Ele passou o braço pela minha cintura e se abaixou para beijar o topo da minha cabeça. Estar com ele era tão fácil, tão tranquilo...

— Vamos te alimentar, então, Wyatt, por todo o seu trabalho árduo — provoquei, e Miranda deu uma risadinha.

— Qual foi o seu trabalho árduo? Sentar em uma cadeira e dizer: "Que lindo, leva esse", para todos os vestidos que experimentei?

Eu ri e Wyatt encolheu os ombros.

— O quê? Não posso te achar bonita, não importa o que você vista?

Miranda sorriu e passou o braço pela cintura dele.

— Eu te amo — disse ela, sem hesitar.

Fiquei um pouco desconfortável nos braços de Leif. Eu esperava que ele não fosse alimentar nenhuma ideia, porque aquelas não eram palavras que eu estava pronta para usar de forma alguma.

— Eu te amo mais — Wyatt respondeu, sorrindo de volta para ela.

— Arranjem um quarto — brincou Leif, e minha tensão diminuiu. Ele parecia sempre ser capaz de fazer isso por mim.

Observei a alma de um homem andar por perto, analisando atentamente as pessoas como se estivesse perdido. Isso também acontecia às vezes. Eu sempre me perguntava se eram almas novas e ainda estavam confusas sobre o que havia acontecido com elas. Era uma coisa que sempre me deixava triste. A alma olhou para mim, e eu dei um pequeno sorriso, mas rapidamente me virei. Eu não queria que ele viesse até mim e falasse; não estava com humor para almas falantes no momento.

— Então, Pagan, onde você quer comer? — Leif indagou, e eu olhei para Wyatt, que murmurava "mexicano" para mim.

Sorri e me voltei para Leif.

— Tacos parecem uma boa ideia.

Leif deu uma risadinha.

— Tem certeza? Eu também consigo ver e ler lábios, viu, embora o Wyatt ache que não.

— Não, sério, eu quero comida mexicana. Salsa e nachos me parecem uma boa.

— Então vai ser comida mexicana.

Todos nos viramos e fomos para o restaurante mexicano dentro do shopping. A sensação de formigamento de que alguém estava me observando me fez olhar para trás. A alma que eu notara antes nos seguia e estava a alguns metros de distância, olhando para mim. Eu podia perceber por sua expressão perdida que ele era uma alma normal. O tipo com que eu tinha lidado a vida toda. Eu me virei como se não pudesse vê-lo, pois ignorá-lo era a melhor saída. Assim, ele seguiria em frente, em vez de perder tempo comigo. Não havia nada que eu pudesse fazer por ele agora.

Por favor, esteja no meu quarto, por favor, esteja no meu

quarto. Eu repetia esse mantra na minha cabeça enquanto subia as escadas, passando pelo quarto da minha mãe, onde a ouvia digitando vigorosamente no computador. Entrei e quase suspirei de alívio ao ver um Dank com uma expressão de grande divertimento acomodado confortavelmente na minha cama.

— Eu disse que estaria aqui. Por que você duvida de mim?

Dei de ombros e pensei sobre o fato de que ele não tinha estado comigo o dia todo.

— Você realmente quer que eu vá junto ao seu encontro? — ele perguntou. Sorri e fiz que não balançando a cabeça. — Achei que não. Além disso, você estava com amigos e em público. Estava tudo sob controle. Eu me certifiquei disso. — Ele falava em um tom casual como se não estivéssemos conversando sobre seres sobrenaturais. Ele acenou com a cabeça em direção ao vestido pendurado no meu armário. — Rosa-clarinho. Gostei.

Senti o rosto ruborizar, pensando no fato de só ter experimentado vestidos que fossem rosa-claro. A maneira como me senti quando ele sugeriu rosa-claro não parava de se repetir na minha mente, e eu não conseguia pensar em nenhuma outra cor de vestido para provar. Baixei a cabeça e fui pegar minhas roupas de dormir.

— Kendra vai de vermelho — ele revelou, e uma súbita explosão de ciúme me assustou.

Que droga! Por que eu me importaria? E por que ele tinha que me dizer o que ela ia vestir? Kendra era a última pessoa na face da Terra de quem eu queria ter notícias. Ele podia ouvir ou sentir meus pensamentos. Naquele exato momento, controlar minhas emoções seria muito positivo.

— Que maravilha. Tenho certeza de que ela estará deslumbrante. — Consegui dizer isso com uma quantidade bem pequenininha de veneno escorrendo das minhas palavras.

— Odeio a cor vermelha quase tanto quanto odeio cabelos loiros — disse ele, em tom divertido.

Comecei a responder, mas parei. Eu não acreditava nele, mas de que adiantaria tirar satisfação? Afinal, eu o via com Kendra todos os dias, o dia todo. Era como se ele constantemente socasse meu estômago cada vez que a tocava ou sussurrava em seu ouvido. Virei as costas para ele e caminhei até minha caixa de bijuteria para encontrar alguma que combinasse. Era melhor do que pensar em Kendra de vestido vermelho com as mãos de Dank sobre ela.

Um calor pressionou minhas costas e provocou um arrepio pelo meu corpo. Estiquei a mão para a borda da cômoda a fim de não perder o equilíbrio e cair no chão. Eu sabia que Dank estava atrás de mim. Mesmo que não entendesse, eu sabia que apenas seu toque causaria aquela forte reação. Deixei a cabeça cair para trás no calor sólido de seu peito.

— Ela não significa nada pra mim. — A voz de Dank provocou arrepios por meu pescoço e peito — Eu nunca mentiria para você, Pagan — disse ele com urgência no meu ouvido.

Abri os olhos, querendo ver o azul de suas íris. Seus lábios tocaram a ponta da minha orelha e fizeram um rastro pelo meu rosto. Suas duas mãos agarraram minha cintura, me puxando com força contra seu corpo.

— Você é uma tentação pra mim. Eu não posso ser tentado. Não fui feito para ser tentado, mas você, Pagan Moore, é uma tentação. Desde o momento em que vim te buscar, fui atraído. Tudo em você... — Uma de suas mãos deixou minha cintura e subiu para acariciar suavemente meu braço. — Você me deixa louco de vontade. Com desejo. Eu não entendia no começo, mas agora eu sei. É sua alma que me chama. Almas não significam nada para mim; pelo menos não deveriam significar. Mas a sua se tornou minha obsessão.

Ele baixou a cabeça no meu ombro e beijou a curva do meu pescoço. Sua mão se moveu para deslizar por baixo da minha blusa, e o calor de sua palma repousou sobre minha barriga desnuda. Uma pulsação de calor me percorreu e ele me pressionou com força contra si para me impedir de cair.

— Quero matar aquele menino toda vez que vejo as mãos dele em você. — Ele beijou um caminho até meu pescoço e eu o arqueei em resposta para lhe dar melhor acesso. Eu nunca havia sentido nada como aquilo. Seu toque era como uma droga. — Quero arrancar os braços dele do corpo para que ele não possa mais tocar em você. — Um rosnado baixo e familiar vibrou nas minhas costas. — Apesar disso, não posso ter você, Pagan. Você não era para ser minha.

Sua voz parecia torturada. Eu queria confortá-lo. Ele havia me reclamado também. De alguma forma, ele tinha entrado no meu mundo e se tornado o centro. Ele era tudo o que eu queria. Comecei a dizer o quanto ele significava para mim quando ele me pegou e me deitou cuidadosamente na cama e veio pairando sobre o meu corpo. Estendi as mãos para ele, querendo sentir seu corpo contra o meu, mas ele recuou.

— Por favor — sussurrei.

Dank fechou os olhos com força, como se estivesse com dor.

— Não posso, Pagan. Isso destruiria a nós dois. — E então ele desapareceu.

CAPÍTULO 8

Leif beijou minha bochecha antes de me deixar na porta da aula de Literatura Inglesa. Eu tinha começado a ir para a escola com ele todos os dias. A cada manhã tinha sido mais difícil deixar a presença de Dank e entrar na realidade de Leif. Por dormir com a voz de Dank cantando no meu ouvido a noite toda, eu parecia desejar sua presença ainda mais. Agora existia uma intimidade entre nós. Depois de ter suas mãos no meu corpo e seus lábios sobre a minha pele, nada mais tinha sido o mesmo. Ele havia deitado ao meu lado na noite anterior e me abraçado junto dele enquanto eu pegava no sono. Eu precisava de Dank. As palavras que ele sussurrava no meu ouvido à noite me garantiam que ele me queria também. Ele precisava de mim, mas estava deixando algum tipo de barreira invisível se interpor entre nós.

Comecei o caminho até minha mesa quando notei que a que ficava atrás dela permanecia vazia. Era o lugar habitual de Dank. Ele estaria aqui em breve. Sentei e comecei a olhar nas minhas coisas para descobrir onde havíamos parado na sexta-feira. Cada vez que via pela visão periférica alguém entrar, eu levantava os olhos para ver se era Dank. A voz alegre de Kendra e a cabeça loira saltitante passaram pela porta, e ele a seguiu, carregando os livros para ela. Minhas entranhas se retorceram em um nó doloroso. Eu me forcei a desviar o olhar. Ontem, ele tinha dito que não gostava de loiras, mas a maneira como a olhava com afeto contava uma história totalmente diferente. Fiquei olhando para o livro aberto na minha frente, sem absorver nenhuma das palavras. Estava esperando que Dank se sentasse atrás de mim. Ele não sentou. O sr. Brown entrou na sala assobiando e sorriu para a classe.

— Ah, que bom ver rostos tão animados esta manhã. Literatura Inglesa não é uma alegria? Existe maneira melhor de acordar? —

perguntou em tom jovial. Ele se virou e escreveu a matéria da semana no quadro.

Queria olhar para trás e ver onde Dank estava sentado, mas me recusei a permitir. Eu podia senti-lo olhando para mim, sem dúvida esperando para ver se eu iria procurá-lo. Bem, eu não lhe daria essa satisfação. Além disso, ele provavelmente estava brincando com aquelas longas mechas de cabelo loiro que dizia odiar. Ele havia sussurrado que me queria. Que eu era a única que ele já havia desejado.

— Alguém pode me dizer um dos principais temas que aprendemos enquanto estudávamos *As Eumênides*?

Querendo desesperadamente desviar minha atenção de Dank, levantei a mão. O sr. Brown sorriu e fez um sinal afirmativo com a cabeça.

— Tudo bem, então, srta. Moore.

— Conflito entre o velho e o novo, entre a selvageria e a civilização, entre o primordial e o racional — respondi, e o sr. Brown bateu palmas.

— Muito bom. Agora, um exemplo desse tema? — Ele olhou ao redor pela sala e eu levantei a mão novamente. O sr. Brown ergueu as sobrancelhas, sem dúvida surpreso com meu desejo repentino de participar da aula. — Pagan?

— A progressão dos antigos para os novos deuses. Zeus derrubou as gerações mais antigas de deuses, e entre essas antigas divindades estavam as Fúrias, que foram ostracizadas. — Parei, pois não queria ir mais longe.

— Bom, bom, muito bom. Agora, alguém além da Pagan pode explicar onde Apolo entra nessa história?

A sala ficou em silêncio e alguém deu uma risadinha.

— Kendra, talvez você possa nos ajudar com uma resposta. — O sr. Brown voltou sua expressão franzida para a aparente fonte da risada.

— Não, senhor, eu tenho uma vida fora da escola. Nem todos nós gastamos todo o nosso tempo livre estudando e dando aulas para conseguir um namorado.

Outra explosão de risos estourou e o sr. Brown inclinou a cabeça para o lado.

— Não acredito que seja a resposta certa, Kendra, e você receberá um ponto negativo pela participação de hoje. Pois bem, alguém pode me dizer ou devo pedir a ajuda da srta. Moore mais uma vez?

— Apollo é um símbolo do masculino, do racional, do jovem e do civilizado. As Fúrias representam o feminino, o violento, o antigo e o primitivo. Ésquilo captura um momento mítico da história em que o mundo foi dividido entre um passado selvagem e arcaico e a nova ordem ousada da civilização grega, os jovens deuses do Olimpo e a racionalidade. A dificuldade da luta entre esses dois mundos é dramatizada pelo ciclo de violência na Casa de Atreu e o confronto entre Apolo e as Fúrias.

Ninguém riu após Dank concluir. Não tive dúvida de que ele tinha feito isso por mim. Virei e dessa vez o encontrei exatamente onde eu esperava. Ele estava sentado atrás de Kendra, cuja expressão era tão contrita que você pensaria que alguém tinha acabado de dar um tabefe nela. Ele me deu uma piscadela e mostrou aquela covinha perfeita. Eu não conseguia tirar o sorriso do meu rosto.

— Muito bem, sr. Walker. Agora, esperemos que o resto da classe compreenda essa obra literária tão bem quanto Pagan e Dank, porque hoje embarcamos em uma jornada ainda mais distante nesse mundo criado por Ésquilo.

Ter Dank respondendo de forma mais elaborada do que eu para mostrar que não havia nada de errado em saber as respostas me ajudou a manter o foco na discussão do sr. Brown. Ainda assim, Dank permanecia no primeiro plano da minha mente.

No final do dia, fui até meu armário e tirei os livros de que precisava para fazer a lição de casa. Duas mãos quentes deslizaram em volta da minha cintura.

— Senti sua falta — Leif sussurrou no meu ouvido e eu virei a cabeça para trás e sorri.

— Também senti sua falta, mas você não deveria estar no treino?

Ele encolheu os ombros.

— Estava a caminho quando pensei em você mexendo no seu armário e em como seria fácil fazer um desvio pra te ver.

— Que bom que você veio. Agora, vá pro vestiário antes que o treinador te faça correr até se matar por causa do atraso.

Ele se abaixou e me beijou de leve nos lábios.

— Te vejo hoje à noite — disse ele, recuando e se virando para correr em direção à porta da escola.

Fiquei olhando para ele até que sumisse de vista, então suspirei e me virei para fechar o armário. Aquele dia havia sido desafiador e a única coisa que eu queria era ir para casa.

Um arrepio percorreu minha espinha e eu congelei. Não era um arrepio do tipo dos que Dank me causava – era outro. Do tipo de que eu me lembrava de um episódio anterior. O medo fez meu coração bater descontrolado no peito. Respirei fundo duas vezes antes de me virar devagar. A alma loira estava me olhando do outro lado do corredor. Ela me analisava como tinha feito da última vez que a vi. Engoli em seco para segurar a náusea de um medo opressor que vinha subindo pela minha garganta, quase me sufocando. Eu estava sozinha em um corredor vazio. Por que não tinha saído junto com Leif? Recuei em direção às portas da frente, mas estavam muito longe para me fazer sentir segura. Ela riu, aquele som de tilintar que fez um calafrio percorrer meus braços. Cada passo que eu dava para trás, ela avançava.

— Me deixe em paz. — Franzi a testa diante da fraqueza da minha ordem. Era óbvio que eu estava apavorada.

Ela ergueu as sobrancelhas em surpresa e respondeu ao se aproximar:

— Não posso.

Pensei em me virar e correr, mas sabia que ela me pegaria com bastante facilidade.

— Vá embora ou contarei ao Dank — insisti, com muito pouca convicção e a voz vacilante. Sua risada cristalina ecoou de novo.

— Ele está ocupado com a loira. Eu não sei por que ele está adiando isso — respondeu, a apenas alguns passos de mim.

Puxei a mochila para mais perto do meu peito e lutei contra a vontade de gritar.

— Dank — sussurrei, apesar do terror que apertava minha

garganta, esperando que, de alguma forma, ele fosse me ouvir.

A loira olhou ao redor como se estivesse em pânico, mas apenas por um instante. Então seu sorriso angelical voltou.

— Como eu disse, ele está ocupado. — Ela estendeu a mão para me tocar e eu me encolhi, esperando a sensação fria de suas mãos.

— Eu não faria isso se fosse você. — A voz de Dank me fez enfraquecer de alívio. Seus braços protetores me envolveram e eu afundei nele.

— Não se meta. Não cabe a ninguém mais decidir. — Os olhos assombrosamente belos da alma o encararam com uma ferocidade que me enregelou. — A prerrogativa dessa decisão nunca foi sua. As regras são as mesmas de sempre. Terão que ser.

Os braços de Dank se apertaram ao meu redor.

— Você vai embora e vai ficar longe dela. Se você se aproximar outra vez, não vou perdoar facilmente.

Um lampejo de medo cruzou os olhos da alma loira, então ela se afastou e se foi.

Minhas pernas amoleceram de alívio. Dank me puxou para mais perto dele para me impedir de desabar no chão.

— Ela tocou em você? — indagou com uma voz fria que eu não esperava.

Balancei a cabeça, sem saber se minha voz estava pronta para funcionar. Virei o rosto e olhei para ele. Dank estava fitando o corredor. Eu podia ouvir um som baixo em seu peito enquanto ele rosnava para o espaço agora vazio.

— Vamos, vou te levar pra casa.

Eu o deixei manter o braço em volta da minha cintura para me firmar enquanto ele me levava para o estacionamento, até parar na frente de um jipe preto sem capota e abrir a porta do passageiro. Eu não fazia ideia de que ele tinha um carro, mas a verdade era que nada mais me surpreenderia àquela altura. Ele me colocou no assento como se eu fosse uma criança e deu a volta para sentar no banco do motorista.

— Como você sabia? — perguntei assim que saímos do estacionamento da escola. Ele me olhou de soslaio.

— Eu ouvi seu medo... e então ouvi meu nome e o desespero nele era... — Ele parou e olhou para a rua.

Esperei em silêncio que ele terminasse, mas Dank permaneceu em silêncio.

— Era o quê? — sussurrei.

Ele deixou escapar um suspiro de frustração.

— Apavorante. Saber que você estava com tanto medo... ouvir aquele medo foi diferente de tudo o que já senti. Eu estava pronto para encerrar a existência do que quer que estivesse fazendo mal a você. Então a vi e soube que era algo que eu não conseguiria controlar sem, sem... fazer algo que seria quase insuportável para mim, mas mais suportável do que a alternativa.

Ouvi suas palavras, mas nenhuma delas fazia sentido. Fiz uma careta e balancei a cabeça, querendo entender. Ele estendeu a mão e pegou a minha.

— Pagan, por favor, não peça o que eu não posso te dar. Posso te dar tudo, menos as respostas a essas perguntas.

Fechei os olhos e desviei o rosto para o outro lado. Eu queria odiá-lo por não me dizer quem ele era ou o que era. Eu queria entendê-lo, entender a situação toda, mas ele não queria ou não podia me dizer nada.

No momento em que o jipe parou na frente da minha casa, peguei a mochila e desci. Eu precisava de distância. Nada fazia o menor sentido e eu queria entender. Me virei para bater a porta e vi Dank parado no jipe com uma expressão derrotada. Parei. A vontade de chamá-lo era fortíssima, mas resisti e fechei a porta suavemente. Eu não conseguia entender por que ele se recusava a explicar o que estava acontecendo comigo. Eu queria odiá-lo, mas ele tinha reclamado uma parte da minha alma e não havia nada que eu pudesse fazer para impedir os sentimentos que tinha por ele. Toda aquela loucura havia iniciado no momento em que ele aparecera na minha vida. Ele se oferecia para me dar qualquer coisa no mundo, exceto as respostas que eu queria e de que precisava. Joguei a mochila no balcão da cozinha e sentei em uma banqueta. Naquela noite, Leif viria para trabalharmos na dissertação que ele precisava entregar naquela semana. Seria tudo coisa muito normal de adolescentes. Eu fingiria que não vivia em um mundo de assombrosa atividade paranormal. Talvez até preparasse o jantar. Tudo muito normal, tudo muito real.

Eu estava terminando de cortar as *quesadillas* quando a campainha tocou. Peguei o prato e o coloquei na mesa da cozinha a caminho da porta.

Leif sorriu e entrou.

— Seja lá o que você está preparando, o cheiro é dos deuses. Por favor, diga que é pra mim, porque estou morrendo de fome.

Fiquei na ponta dos pés e lhe dei um beijo casto nos lábios antes de voltar para a cozinha e pegar as bebidas na geladeira.

— Hoje fiz *quesadillas*. Você quer *sour cream* ou *guacamole*? — perguntei, voltando a olhar para ele.

— *Sour cream* — respondeu.

Tudo muito normal. Nada de almas loiras loucas tentando me matar de susto. Só eu e meu namorado fazendo nossa lição de casa.

— Ok, vamos comer primeiro e depois a gente faz a sua dissertação sobre... qual é o tema desta semana? — indaguei, enquanto colocava bebidas, *sour cream* e *guacamole* na mesa.

— A importância de um diploma universitário — disse ele, sorrindo com uma *quesadilla* já a meio caminho da boca.

Sentei na frente dele.

— Essa deve ser bem fácil.

Leif assentiu e deu outra mordida em uma *quesadilla* com *sour cream*. Um movimento do outro lado do cômodo chamou minha atenção. Assustada, comecei a me levantar, pronta para sair correndo, quando Dank entrou na sala. Ele me cumprimentou e subiu as escadas para o meu quarto. Eu o vi subir, sentindo a tristeza me dominar. Eu tinha sido sem educação naquele fim de tarde e, mesmo assim, ele tinha vindo até mim. Em segredo, eu estava preocupada que ele não fosse aparecer depois da maneira como saí andando sem me despedir. Olhei para Leif, que estava tomando um gole de sua bebida.

— Hum, preciso subir e pegar uma coisa, quero dizer, fazer uma coisa. Eu já volto, hum, vá em frente e pode comer até ficar satisfeito. — Ele sorriu e deu outra mordida.

Subi as escadas e entrei no meu quarto, imediatamente olhando para a cama para encontrá-la vazia. Em vez de deitado na cama, encontrei-o na poltrona, com o violão nas mãos.

— Oi — cumprimentei, sem saber ao certo o que eu tinha ido até ali dizer. Seu sorriso que mostrava a covinha me fez estremecer.

— Oi — ele respondeu, dedilhando o violão.

Fiquei ali por um momento e o ouvi tocar a música que ele havia cantado à noite, quando achava que eu estava dormindo. Sentei na cama e o observei tocar. Ele era uma contradição. Uma alma que não era uma alma, mas que podia fazer coisas que almas podiam fazer. Uma estrela do rock que deveria estar em uma banda com a qual ele nunca esteve. Eu não tinha pensado em nada disso antes.

— Dank, por que você está aqui? Se você canta em uma banda, quero dizer, o que te trouxe aqui?

Ele sorriu tristemente e olhou de volta para o violão em suas mãos.

— Eu canto com a banda quando eles têm shows. A Alma Fria ainda não faz shows como atração principal. Posso entrar e sair facilmente, Pagan, você sabe disso. Acompanhar minha outra vida é bastante fácil.

Claro que ele tinha tudo sob controle. Ele tinha mil e uma utilidades: ladrão de corações na escola, vocalista de banda, a capacidade de se tornar um fantasma e ser meu guarda-costas. Seus olhos azul-escuros me encontraram de relance.

— Por que você está aqui quando o sr. Maravilhoso está lá embaixo? — ele perguntou e o dedilhar cessou.

Encolhi os ombros.

— Não sei, só parece que você precisava de mim — eu disse, odiando a forma como as palavras acabaram saindo.

Ele colocou o violão de lado e se levantou. Eu o observei se ajoelhar bem na minha frente. Fiquei hipnotizada enquanto ele traçava a linha do meu queixo com o dedo e, em seguida, tocava suavemente meus lábios. O desejo percorreu meu corpo com tanta força que agarrei um punhado da colcha em que estava sentada.

— Eu preciso de você. Nunca duvide da minha necessidade de você, mas este não é o momento de explorar meu desejo. Você tem um menino apaixonado lá embaixo, precisando da sua ajuda com o dever de casa — ele falou gentilmente enquanto se levantava e se afastava de mim. Então virou as costas e desapareceu.

Fiquei ali no meu quarto vazio e respirei fundo várias vezes para estabilizar meu coração acelerado antes de descer de novo para ajudar Leif a terminar a dissertação. Percebi que minhas mãos estavam tremendo quando fechei a porta do quarto. Se seu mero toque me provocava reações tão fortes, o quanto mais será que seus lábios nos meus me afetariam? Fechei os olhos para conter a necessidade que me percorria e me dei uma sacudida mentalmente.

Depois, naquela noite, após o banho, entrei no quarto e encontrei Dank já sentado na poltrona do canto, dedilhando o violão. Ele não olhou para mim.

Decepcionada por ele não parecer querer terminar o que tínhamos começado antes, puxei as cobertas e deitei. Eu queria perguntar por que ele tinha ido embora, mas Dank não parecia querer falar comigo. Será que tinha visto Leif me dar um beijo de boa-noite lá embaixo? Será que estava chateado? Eu não tinha ouvido o rosnado familiar que normalmente significava que Dank estava testemunhando o beijo de Leif. Já não me fazia mais sorrir. Na verdade, partia um pouco meu coração, pois eu não gostava da ideia de magoá-lo.

— Dank — sussurrei na escuridão, mas ele não olhou para mim.

Sua voz se juntou à música e lutei contra a vontade de fechar os olhos e cair no sono que o conforto de sua voz parecia induzir. Fiquei de olho nele, implorando em silêncio para que ele olhasse para mim. Será que eu o tinha magoado?

— Feche os olhos, Pagan, e pare de se preocupar comigo. A vida em que me coloquei sou eu que devo suportar. Você não tem nenhum motivo para se preocupar em me causar dor; você faz exatamente o oposto do que teme.

Fiquei olhando para ele, sem saber o que queria dizer com eu fazer o oposto.

— Quanto ao beijo, você tem razão, eu não gosto de ver. Se decido olhar, a culpa é minha. Vou lidar com isso. — Ele ergueu a cabeça, antes voltada para o violão em suas mãos, e dessa vez me encarou diretamente. — O sentimento que ele evoca em você não é forte. Quando ele te abraça, há apenas conforto, não paixão, passando pelos seus pensamentos. — Sua atenção voltou-se para o violão novamente.

— Você vai me abraçar esta noite? — perguntei.

Seus lindos olhos se ergueram e me olharam com tanta emoção que fiquei sem fôlego.

— Não há nada que eu prefira fazer, mas esta noite minhas forças estão reduzidas. Não posso te abraçar neste momento. Minha vontade extrapola minhas forças. Por favor, Pagan, esta noite, apenas durma.

Eu o observei dedilhar os acordes de seu violão até meus olhos ficarem pesados. Dank estava certo. Leif era meu porto seguro. Minha pedra de toque para a normalidade. Ele era um amigo. Era Dank quem me consumia.

CAPÍTULO 9

— Não se parece nada com o nosso ginásio! AH! Este lugar não ficou fantabuloso? — Miranda se virou, sorrindo para nós, extremamente satisfeita com a decoração. Ela estava certa. Tinham feito um excelente trabalho transformando o ginásio em uma noite estrelada à beira-mar.

— É impressionante — concordei, enquanto o braço de Leif me puxava para mais perto ao lado de seu corpo.

— Está com vontade de dançar? — ele perguntou quando começou a tocar uma canção lenta depois que acabou *Just Dance*, da Lady Gaga.

Balancei a cabeça e olhei em direção às mesas.

— Podemos ficar de fora dessa? Acho que minha costela ainda não está boa para esse tipo de movimento.

Ele me guiou em direção às mesas enquanto Miranda agarrava Wyatt e o puxava para a pista de dança. Ri da expressão de dor de Wyatt e me virei para dizer algo a Leif, quando percebi que sua atenção estava focada na entrada. Seu semblante era uma carranca. Dank acabara de entrar, deslumbrante em jeans, uma camiseta preta e coturnos. Levei um momento para tirar os olhos dele e notar que Kendra estava colada ao seu lado. Ela havia sido derretida e derramada dentro do vestido vermelho que estava usando. Ou isso ou não era realmente um vestido, mas algo que ela havia pintado no corpo. O ciúme explodiu em meu peito ao ver o braço de Dank em volta de sua cintura. Olhei de volta para Leif, que ainda estava observando o casal com aversão.

— Você está bem? — indaguei, e ele desviou o olhar de Kendra e Dank.

Ele assentiu, parou e me observou por um momento.

— Você tem algumas aulas com Dank e já falou com ele algumas vezes, não é? — Fiz que sim, sem saber para onde isso estava levando, então esperei mais. — Algo sobre ele me preocupa. Kendra tem alguns problemas que a tornam instável e estou começando a me preocupar que Dank não seja o tipo de cara de que ela precisa. Ele parece sombrio e sinistro.

Meu ciúme foi esquecido e rapidamente substituído por raiva.

Leif achava que Dank não era bom o suficiente para Kendra, a vagabunda da cidade? Consegui segurar uma explosão de risos raivosos e olhei para a pista de dança, desejando poder escapar de alguma forma. Eu precisava me acalmar.

— O que foi? Você parece zangada. Não me entenda mal, eu não gosto da Kendra, Pagan. Não é disso que se trata. — Ele pegou meu outro braço e me puxou para ficar de frente para ele. Sua expressão hostil anterior para Dank tinha desaparecido. Agora ele estava preocupado e, pela primeira vez, eu não me importei em amenizar sua preocupação. — Olhe para mim. Eu não a quero. Só quero você. Eu te amo, Pagan. Não é assim com a Kendra. Só não desejo que ela sofra. Ela tem...

— Problemas, sim, eu te ouvi — interrompi-o antes que me esquecesse e fizesse uma cena. Respirei fundo, me lembrando de que estava levando aquilo para o lado pessoal por causa dos meus sentimentos por Dank. — Olha, se Dank Walker tem algum interesse em Kendra, ela deveria se considerar uma pessoa de sorte. Pelo que sei dele, ele é inteligente, honesto, talentoso e compassivo.

Olhei de volta para Leif, que parecia estar absorvendo minhas palavras. Eu queria dizer mais e continuar defendendo Dank, mas sabia que tinha dito o suficiente.

— Preciso beber alguma coisa. Já volto — falei, antes de me virar e ir embora. Foi abrupto, mas eu precisava colocar algum espaço entre minha raiva e Leif.

Miranda acenou para mim quando passei por onde ela e Wyatt estavam dançando. Forcei um sorriso, mas continuei andando. O vestido vermelho justo de Kendra chamou minha atenção e me virei para vê-la enrolada em Dank, rindo e dançando de uma maneira que faria os inspetores do baile virem atrás dela em questão de segundos. O ciúme pela maneira como Dank a segurava e a tocava de maneiras com que nunca tinha me tocado criou um nó no meu estômago. Eu não fui em direção à mesa de bebidas. Em vez disso, segui para as portas dos fundos. Precisava me afastar de Leif e Dank. Parei na porta. Ficar sozinha no escuro podia não ser uma ideia tão boa. A risada de Kendra soava nos meus ouvidos e eu decidi, naquele exato momento, que preferiria enfrentar a alma loira assustadora, que ficava passando a mão em mim, a ver Dank abraçando Kendra.

A brisa noturna havia esfriado nas últimas semanas. Passei os braços ao redor da cintura e caminhei em direção ao campo de futebol americano deserto. As emoções agitadas dentro de mim me deram uma sensação de coragem. Continuei andando, me afastando da música e das risadas. Pensei no verão anterior, no rancho da minha tia e em como as coisas tinham sido tranquilas. Eu havia passado o tempo andando a cavalo e a ajudando a lidar com a morte do meu tio. Minha mãe sugeriu que eu fosse visitá-la para que ela não ficasse sozinha. Concordei em ir, pensando que estar longe da cidade e das minhas lembranças de Jay ajudaria. Tinha acontecido isso, de certa maneira; porém, depois de algumas semanas, percebi que Jay e eu nunca tínhamos sido feitos um para o outro. Mais um ponto positivo sobre estar no rancho era que os encontros com as almas errantes pareciam esparsos. Tinha sido um breve respiro na minha vida. No entanto, nas últimas semanas do verão, eu estava ansiosa para voltar para casa. Olhei de volta para o ginásio e pensei em como as coisas tinham ficado malucas desde o meu retorno.

— Por que você não está dançando com seu par? — A voz de Dank quebrou o silêncio e eu me virei para vê-lo encostado no muro de concreto. Dei de ombros e baixei a cabeça, como se estivesse analisando meus pés. Não queria que ele visse a dor ou o ciúme nos meus olhos. Já era ruim o suficiente; ele provavelmente já sabia. — Ele parece bastante desamparado sentado a uma mesa sozinho — Dank disse, baixinho, para a noite. Uma pontada de culpa no fundo do meu estômago não era suficiente para me mandar de volta para dentro. Dei de ombros novamente e não encontrei seu olhar investigativo. Ele riu e o som baixo e sexy provocou um arrepio em mim. — Então, você decidiu tentar esse negócio de me ignorar de novo para ver se eu vou embora? — perguntou, com um toque de humor na voz.

Mordi o lábio para não sorrir e balancei a cabeça em negativa.

— Eu sei que não funciona com você.

— Por que está aqui, Pagan? Qual é o problema? — ele indagou baixinho.

Olhei-o com relutância. Ele era tão incrivelmente lindo em pé ali com os braços cruzados na frente do peito. O cabelo escuro que se curvava nas pontas parecia dançar com a brisa.

— Nada que que seja da sua conta — menti.

Ele inclinou a cabeça para o lado e me lançou um sorriso malicioso.

— De verdade?

Fiz que sim.

— De verdade?

Suas mãos caíram para os lados quando ele se afastou da parede e deu um passo na minha direção.

— Me ver dançar com Kendra não te incomoda? — perguntou ele em um sussurro rouco.

Balancei a cabeça e desviei o olhar, recusando-me a me afastar de sua proximidade. Seus olhos fixaram-se em mim com tanta intensidade que era como se ele estivesse realmente me tocando. Meu coração começou a bater forte contra minhas costelas. Olhei para Dank. Seus olhos percorreram rapidamente meu vestido e voltaram para o meu rosto.

— Eu sabia que rosa-claro combinaria com você. Na maioria das garotas não fica bem, mas em você é perfeito.

Engoli em seco, com medo de que meu coração saísse pela boca. Eu não queria pensar sobre a forma como seu olhar fazia cada célula do meu corpo ganhar vida.

— Você acha que eu não quero te tocar do jeito que toco na Kendra. Você está certa. — Suas palavras me atacaram como água gelada e eu me afastei como se ele tivesse acabado de me dar um tapa. Meu coração acelerado se contraiu e eu tomei uma rápida inspiração de ar, com medo, por um momento, de não ser capaz de respirar. Ele estendeu a mão, agarrou a minha e me puxou contra si. — Quando toco na Kendra, estremeço mentalmente por ter que continuar a farsa de estar interessado nela.

Parei de tentar puxar minha mão da dele e olhei para seu rosto. Aquilo soava como algo que eu queria ouvir.

— Quando não consigo controlar minha necessidade por você e me permito tocá-la, tal monstro desperta dentro de mim que temo perder o controle. Você me faz sentir coisas que nunca senti antes. Algo acontece... — ele parou por um instante e baixou os olhos dos meus para a boca — ... quando fico perto de você assim. — Ele tocou meus lábios com a ponta do dedo e eu tremi. Dank fechou os olhos como se sentisse dor. — E, quando você reage desse jeito, sinto garras se cravando em mim e me encorajando a tomar o que quero.

Ele abriu os olhos e me encarou com uma intensidade que teria me assustado se eu não tivesse confiado nele tão completamente.

— Você é a única coisa que eu mais quero no mundo, mas a única que não posso ter. Porque possuí-la completamente seria impossível. Você não pode ir para os lugares onde eu ando. — Ele parou e envolveu meu rosto nas mãos. — O propósito da minha existência não é ter uma companheira. É solitário e frio. Até agora, isso foi tudo o que conheci. Então você foi marcada e tudo mudou. — Ele tirou as mãos de mim e recuou, um desespero dolorido nublando seus olhos. — Vá, Pagan. Corra, por favor, corra. Eu não sou o que você pensa. Não sou "inteligente, honesto, talentoso e compassivo", embora ouvir você dizer essas palavras em minha defesa tenha sido como um líquido quente escorrendo pelas minhas veias frias. Você quer saber o que sou e não posso te dizer. Se soubesse, eu não teria que implorar para você correr.

Ele rosnou e se afastou de mim, caminhando rumo à escuridão. Eu não podia deixá-lo ir. Corri atrás e ele se virou abruptamente. Seu olhar zangado me surpreendeu e eu congelei. A raiva pareceu deixá-lo imediatamente e uma expressão torturada apareceu em suas feições perfeitamente esculpidas. Perdi o fôlego com a transformação.

— Não me importa o que você seja — falei, dando um passo em sua direção. — Você não pode me assustar e eu não vou fugir. Qual é a música que você canta para mim? "Apesar disso, você fica. Segurando-se em mim, apesar disso, você fica, estendendo a mão que eu afasto. O frio não é feito pra você, mas você fica, você fica, você fica. Quando eu sei que não é certo pra você" — repeti suas palavras para ele na escuridão. Seu rosto se contorceu de dor.

— Vá, Pagan. Agora. Não consigo me controlar por muito mais tempo — ele sussurrou na escuridão.

Dei mais um passo em sua direção. Um rosnado baixo irrompeu de seu peito e ele me agarrou em um movimento rápido. Sua boca encontrou a minha no mesmo instante. Seus dentes mordiscaram meu lábio inferior e, em seguida, ele gentilmente passou a língua sobre a mordida. A primeira vez que provei seu gosto fez meu mundo girar. De alguma forma, eu sabia que seria assim. Agarrei um punhado de sua camiseta. Eu precisava mantê-lo contra mim, finalmente me permitindo ter o que eu estava desejando. Seus braços se apertaram em volta do meu corpo e eu ouvi um gemido na escuridão, mas não tinha certeza se era dele ou meu. Meu propósito de vida estava completo. Não havia nada mais que eu quisesse ou desejasse mais do que aquilo. Uma escuridão nos puxava, eu não conseguia entender o que era exatamente, mas, mesmo através da névoa de prazer, eu sabia que estava ali. Dank fez uma trilha de beijos no meu pescoço e murmurou palavras que eu não entendia. Soltei sua camiseta para segurar seu rosto, trazendo avidamente sua boca de volta para a minha. Suas mãos subiram devagar pelas minhas costas e deslizaram sobre minhas costelas. Minha respiração enroscou na garganta quando seus polegares roçaram a parte lateral do meu seio. Dank afastou a boca da minha, ofegando ruidosamente. Fiquei excitada ao vê-lo tão necessitado quanto eu por aquele momento.

— Não posso, Pagan. Quero com todas as minhas forças, mas não posso.

Em um piscar de olhos, eu estava sozinha, sentada na grama fria no meio do campo de futebol americano. Com a respiração irregular, minha cabeça girava. Onde estava Dank? Meus olhos procuraram freneticamente na escuridão por ele. Por que ele tinha me abandonado? A sensação de euforia havia desaparecido com ele e meu corpo doía por causa da perda.

— Pagan? — uma voz preocupada chamou atrás de mim.

Não me virei porque reconheci a voz de Leif. Ele tinha vindo me procurar e ali estava eu, com meu vestido rosa-claro, comprado para outro cara, no meio de um campo de futebol deserto. Talvez eu estivesse enlouquecendo. Ele se ajoelhou na minha frente com medo e preocupação gravados em seu rosto bonito.

— Deus, você me assustou. Eu saí te procurando e te vi desmaiar ou cair... você está bem? Desculpe, Pagan, não queria te aborrecer. Por favor, me perdoe.

Ele segurava minhas mãos, mas o calor de seu corpo não conseguia penetrar no frio que se infiltrava em mim pouco a pouco. Olhei para ele, sabendo que eu tinha de dizer algo, mas o quê?

— Não tem problema. Só não estou me sentindo bem. Minha cabeça. — Toquei-a para causar efeito. — Sinto muito, mas eu só quero ir pra casa.

Ele se levantou e me ajudou a levantar também, passando o braço em volta da minha cintura como meio de apoio. Caminhamos em silêncio pelo campo e entramos no estacionamento escuro. Eu não tinha certeza se ele estava com raiva ou magoado, mas agora eu só precisava ficar sozinha. Minha mente não parecia conseguir assimilar tudo o que acabara de acontecer e eu sabia, no fundo, que tinha esperanças de Dank estar no meu quarto aguardando por mim.

Não falamos nada durante todo o trajeto para casa. Eu odiava o silêncio, mas não havia como explicar o que acontecera. Quando parou na entrada da garagem, ele desligou o carro e olhou para mim.

— Espero que você possa me perdoar por ter te chateado. — Ele soltou um suspiro de desgosto. — Lá vou eu, todo preocupado com a vida pessoal da Kendra, e acabo magoando com a minha idiotice a única garota que já amei. — Ele parou e balançou a cabeça. — Você ainda está se recuperando de algo que fui eu que causei. Você nunca reclama, mas sei que ainda está lidando com os efeitos tardios do seu acidente. Não sei se vou conseguir me perdoar por deixar minha boca estúpida te chatear tanto a ponto de você... — ele gesticulou como estivesse indicando o campo de futebol americano a quilômetros de distância — ... sair sozinha e desmaiar por causa do estresse que provoquei.

Não aguentava mais ele se culpando pelo acontecimento. Me forcei a sair daquela minha névoa de confusão e peguei sua mão.

— Leif, me escuta. O que aconteceu hoje não é culpa sua. Não tenho certeza exatamente do que aconteceu, mas ninguém é culpado, exceto talvez eu. Você não teve nada, nada mesmo, a ver com aquilo.

A pequena centelha de alívio em seus olhos não foi forte o suficiente para compensar sua expressão torturada. Ele puxou minha mão até a boca e a beijou.

— Eu te amo, Pagan Moore. — Ele tinha dito muito essas três palavras naquela noite.

No entanto, eu sabia que não podia dizer o que ele queria ouvir. Leif era especial para mim, mas eu não o amava; pelo menos não do jeito que ele queria. Então fiz a única coisa em que consegui pensar. Inclinei-me e beijei-o suavemente nos lábios, depois me virei e saí do carro. Segui para a porta sem olhar para trás.

Meu quarto estava vazio, mas, de alguma forma, eu sabia que estaria. Algo tinha acontecido naquela noite. Eu não sabia o que era, mas entendia que era importante. Fui até a poltrona onde Dank passava as noites e me acomodei nela. Esta noite ele não viria. Eu precisava estar perto dele e essa aparentava ser a única maneira. O silêncio parecia me cortar como uma faca. Lágrimas quentes escorreram pelo meu rosto. Senti falta da sua voz enchendo meu quarto com calor. Eu não queria que ele fosse embora. O medo de que ele tivesse partido doía tanto que apertava minhas vias respiratórias. A alma loira que tinha me assustado não parecia mais importante. A ausência de Dank fazia meu peito doer. Eu não aguentava mais o silêncio, então comecei a cantar baixinho na escuridão.

— Apesar disso, você fica. Segurando-se em mim, apesar disso, você fica, estendendo a mão que eu afasto. O frio não é feito pra você, mas você fica, você fica, você fica. Quando eu sei que não é certo pra você.

CAPÍTULO 10

Ele não voltou. Passei o fim de semana inteiro fechada no meu quarto esperando por ele, mas ele nunca apareceu. Na segunda de manhã, acordei e me vesti com tanto desespero que quase corri para o meu carro para chegar mais rápido à escola. Quando minha mãe perguntou "Leif não vai te pegar hoje?", parei com a mão na maçaneta da porta, sem saber como responder. Eu havia deixado as ligações dele caírem na caixa postal na maior parte do fim de semana. Depois de ouvir suas mensagens suplicantes, finalmente liguei para ele e lhe assegurei que eu só estava de cama. Ele esperaria me levar para a escola naquela manhã. Obriguei-me a sentar e tomar meu café enquanto esperava mais dez minutos pela chegada de Leif. De alguma forma, consegui fingir paciência até entrar pela porta da frente da escola. Eu não conseguia senti-lo. Ele não estava por perto. Os lábios vermelhos e carnudos de Kendra me garantiram de que ele não estava se escondendo de mim. Ele simplesmente não estava ali. Cada aula que passava sem ele parecia um buraco negro em constante expansão no meu mundo. Leif me olhava com uma mistura de preocupação e frustração que eu sabia que ele tentava esconder. Assim que o último sinal tocou, saí da biblioteca e fui para casa. Eu precisava que ele estivesse lá.

Mas não estava. Ele ficou longe por mais dois dias.

No momento em que entrei na classe de Literatura Inglesa, na terça-feira, eu o senti. O calor formigante a que eu me acostumara era forte devido à sua ausência de quatro dias. Olhei para o fundo da sala e lá ele estava sentado, dando a Kendra seu sorriso torto enquanto acariciava a linha da mandíbula dela com a ponta do dedo. Ela riu e ele se inclinou mais perto e sussurrou algo em seu ouvido que a fez jogar a cabeça para trás e rir. Ela olhou na minha direção e sorriu de modo triunfante.

Olhei dela para Dank, que parecia nem me enxergar. Ele a observava atentamente sorrindo de forma sedutora. Ele havia me beijado e depois me deixado sozinha, confusa, e então desaparecido por quatro dias. Agora, era como se nada tivesse acontecido.

Eu o encarei, desejando que ele olhasse para mim, para demonstrar que notava minha presença. Ele não o fez. Incapaz de ver mais aquilo, me virei e saí da sala. Leif ainda estava parado do lado de fora da porta, onde eu o havia deixado. Ele estava conversando com Justin e olhou para mim com um sorriso surpreso.

— Esqueceu de alguma coisa? — perguntou ele, pegando minha mão.

Sacudi a cabeça, temendo que o enorme buraco que Dank acabara de abrir no meu coração fosse visível para o mundo. Aproximei-me de Leif e passei os braços em volta de sua cintura. Os dele me envolveram no mesmo instante.

— Falo com você mais tarde, cara. — Ouvi-o dizer para Justin por cima da minha cabeça.

— O que foi? — ele sussurrou no meu ouvido, ainda me abraçando.

Eu queria chorar porque não o amava. Leif me amava e seria fácil amá-lo. Ele nunca me faria sofrer da maneira que Dank tinha acabado de fazer. Ele era muito bom e honesto. Por que então eu não podia amá-lo no lugar de Dank? Abracei-o com mais força, com medo de que ele pudesse ouvir meus pensamentos e se afastasse de mim a qualquer momento. No entanto, Leif não conseguia ouvir meus temores.

Ele me puxou para mais perto e começou a acariciar minhas costas, fazendo pequenos círculos. Lágrimas brotaram nos meus olhos; eu odiava chorar em seus braços por outro cara. Leif merecia alguém que pudesse amá-lo. Antes, eu o havia odiado porque pensei que ele acreditava ser bom demais para mim. Agora, eu me odiava porque sabia que ele era bom demais para mim. Eu não o merecia e mesmo assim me agarrava a ele. Podia não amá-lo, mas precisava dele. Ele não tinha ideia de que minhas entranhas pareciam estar sendo arrancadas do corpo por causa da maneira como outra pessoa ou outra coisa tinha me rejeitado.

— Sr. Brown, a Pagan não está se sentindo bem. Ela precisa ir para a enfermaria. Se ela for para casa, eu mesmo vou trazer o atestado dela — Leif explicou ao meu professor, ainda me abraçando.

— Muito bem, você vai levá-la, então? — A voz do sr. Brown demonstrava preocupação.

— Sim, senhor. — A porta se fechou e o corredor silenciou.

Eu não queria ser examinada por uma enfermeira, mas sabia que não poderia ficar no corredor o dia todo, deixando Leif me abraçar. Embora tivesse certeza de que, se eu quisesse, era exatamente o que ele iria fazer. Recuei apenas o suficiente para olhar no seu rosto. Seu semblante era uma máscara de preocupação enquanto ele enxugava uma lágrima da minha bochecha.

— O que há de errado, Pagan? — ele insistiu, perguntando baixinho.

Consegui dar um sorriso fraco.

— Acho que eu estar me sentindo mal acabou pesando. Quero me sentir bem de novo. Esse fim de semana foi horrível — admiti, precisando adicionar um pouco de verdade ao que estava dizendo.

Ele fez que sim e me puxou de volta para seus braços.

— Sinto muito pela minha contribuição nessa situação. Eu não aguento ver você chorar. Isso me mata — disse ele baixinho e me abraçou mais forte. Leif era meu elo com o mundo real e minha fonte de conforto, especialmente agora que meu coração parecia quebrado além de qualquer reparo. O que mais me assustava era o fato de o meu coração ter sido despedaçado por alguém que eu nem conhecia.

Fui até a enfermaria, mas só fiquei lá tempo o suficiente para que a aula de Literatura Inglesa terminasse. Assim que soube que seria seguro seguir para Álgebra II, garanti à enfermeira Tavers que me sentia muito melhor e queria voltar para a aula. Coincidentemente, Álgebra II era a única aula que eu não fazia com Dank nem com Kendra. Por essa, eu conseguiria passar. Leif estaria comigo em História Mundial, então a presença de Dank seria mais fácil de ignorar.

Entrei no corredor e o alerta agourento na minha cabeça de que alguém estava me observando fez os pelinhos dos meus braços se arrepiarem. Olhei de um lado para o outro do corredor vazio, mas ninguém estava lá. O medo pareceu obstruir minha garganta e eu me forcei a respirar para me acalmar antes de ir para Álgebra II com meu passe da enfermeira Tavers. Andei mais rápido que o normal, querendo estar perto de outras pessoas. Estar sozinha no corredor trouxe de volta memórias assustadoras. Especialmente agora, eu não tinha certeza de que Dank viria em meu resgate. Ele nem olhava para mim, então por que viria me ajudar se uma alma me assombrasse? A sensação de que alguém estava ali me observando se intensificava à medida que eu caminhava pelo corredor.

Por que a sala de Álgebra II tinha que ser no final do corredor? Espiei por cima do ombro e ainda assim o local permanecia vazio. Um arrepio se propagou pela minha espinha e então comecei a correr. Eu não podia vê-la, mas sabia que ela estava lá. Meu coração bateu forte no peito. Mantive os olhos na porta da classe de Álgebra II. Ainda parecia muito distante, mas eu sabia que, se gritasse, alguém me ouviria. O frio se intensificou e o ar ficou mais denso, o que dificultava a respiração. Eu precisava parar de correr para que pudesse forçar o oxigênio a entrar nos meus pulmões, mas então ela estaria comigo sozinha por muito mais tempo.

Uma porta se abriu exatamente quando minha visão começou a ficar turva pela falta de oxigênio, e o ar encheu meus pulmões em chamas de repente. O frio desapareceu. Larguei meus livros e coloquei as mãos nos joelhos, ofegando para conseguir mais ar, puxando-o e tentando acalmar meu coração acelerado. Passos me assustaram e eu me levantei pronta para correr novamente quando vi Dank se afastando. O que quer que estivesse atrás de mim antes, agora, tinha fugido por causa dele. Sorte minha que ela não tivesse percebido que Dank não se importava mais em me manter segura. Meu coração não estava mais disparado de medo, mas doía pela dor da rejeição. Peguei os livros do chão e observei Dank se afastando mais uma vez antes de entrar na minha sala.

— Se você não está pronta para começar minha dissertação, não estou com pressa — Leif se inclinou e sussurrou no meu ouvido. Pedimos pizza e nos aninhamos no sofá para assistir televisão.

A verdade é que eu não estava com vontade de trabalhar na dissertação dele. Tudo o que eu realmente queria era aproveitar o pequeno calor dos seus braços. Ficar sentada no sofá, abraçada ao meu namorado, me ajudava a manter meu medo sob controle. Quando Leif fosse embora, eu teria que ir para o meu quarto sozinha. A ideia de enfrentar minha classe depois da experiência no corredor naquele dia me apavorava. Ver Dank se afastar de mim como se fosse apenas um cara qualquer sem nenhuma preocupação no mundo, enquanto eu estava curvada tentando respirar, me deixou com uma sensação de desespero. Estendi a mão para baixo e peguei a mão de Leif. Ele estava aqui. Tudo bem, ele não era proteção contra almas psicopatas. Só Dank poderia impedir aquela... aquela... o que quer que ela fosse, mas Dank não estava ali. Leif era tudo o que eu tinha e eu queria me aquecer em sua presença mais um pouco. Ele segurou minha mão na sua e nós nos sentamos em silêncio. Eu nem sabia direito ao que estávamos assistindo. Ele ria alto às vezes e o som me fez sorrir. Eu gostá-la de vê-lo feliz. Às vezes, eu esquecia como era a sensação de felicidade. O toque de seu celular interrompeu meus pensamentos e eu dei um pulo. Eu estava com os nervos à flor da pele naquela noite.

Ele sorriu.

— É meu celular, não o alarme de incêndio. Caramba, como você está nervosa hoje.

Ele enfiou a mão no bolso e pegou o aparelho.

— Alô? — Ele fez uma pausa. — Estou na casa da Pagan agora... Eu sei disso, mas estou ocupado... Ainda não terminamos. — Leif olhou para mim se desculpando. — Tudo bem, estou indo — disse ele, franzindo a testa ao desligar o telefone. — Era meu pai. Ele precisa que eu vá com ele deixar o carro da minha mãe no mecânico. Vão trabalhar nele logo pela manhã. Ele não pode ir dormir antes de deixar o carro lá e está exausto depois de trabalhar dois turnos seguidos na delegacia.

Sentei e forcei um sorriso. Minha mãe ainda não estava em casa e a ideia de ficar sozinha me deu vontade de me encolher e chorar.

— Ah, sim, vai lá. Podemos fazer a dissertação amanhã.

Ele franziu a testa e deslizou a mão no meu cabelo, roçando o polegar na minha orelha.

— Você parece tensa. Eu odeio deixar você assim toda nervosa.

Abri um sorriso e encolhi os ombros.

— Vai ver só preciso dormir um pouco — menti, esperando que ele acreditasse.

Ele se abaixou e me beijou de leve. Deslizei as mãos atrás do seu pescoço e intensifiquei o beijo. Leif segurou meu rosto e o inclinou para cima a fim de encaixá-lo perfeitamente no seu. Mergulhei no conforto da sua proximidade e do seu calor. Eu sabia que precisava deixá-lo ir para que pudesse ajudar seu pai, mas o abracei mais forte. Soltá-lo significava que ele iria embora e eu ficaria sozinha. Eu me pressionei contra seu corpo sem pensar de que forma minha necessidade de conforto seria mal interpretada como paixão. Um gemido saiu do peito de Leif, e ele gentilmente me empurrou de costas no sofá e me cobriu com seu corpo.

Nunca tínhamos deixado as coisas irem tão longe antes. Dank sempre estava presente, em algum lugar no meio — uma força invisível que me mantinha contendo Leif a certa distância. Agora seria errado permitir que as coisas fossem mais longe. Levar Leif a acreditar que poderíamos ir mais longe em nosso relacionamento não era justo para nenhum de nós. Dank sempre estaria na minha mente. Leif merecia mais do que ser o segundo melhor. Mesmo agora, com ele pressionado a mim e sua respiração parecendo irregular, eu não sentia nada além de segurança. Sua mão deslizou por baixo da minha blusa e eu sabia que era hora de parar. Assim que ele tocou a parte inferior do meu sutiã, eu me afastei do beijo.

— Não — sussurrei, e sua mão lentamente recuou. Sua respiração parecia pesada e eu podia sentir seu coração batendo forte contra o meu.

Devagar, ele se sentou e pegou minha mão para me levantar também. Em seguida, passou a mão pelo cabelo loiro despenteado e deu uma risada trêmula.

— Nossa! — exclamou ele, sorrindo. Eu não sabia ao certo o que dizer porque "nossa" não era o que eu estava sentindo. — Me desculpe, eu me empolguei — disse, olhando para a minha blusa, que ainda estava levantada logo acima do umbigo. Eu a puxei para baixo e sorri a fim de tranquilizá-lo. Não era como se ele tivesse acabado de tentar me estuprar.

— Não precisa se desculpar. Só precisávamos parar. Seu pai está esperando.

Leif assentiu, sua expressão ainda um pouco paralisada, e se levantou. Ele vestiu a jaqueta e pegou os livros e as chaves.

— Você vai ficar bem até sua mãe chegar em casa?

Eu queria rir da resposta para essa pergunta. Em vez disso, fiz que sim e sorri. Não que eu pudesse dizer a ele que uma alma perturbada queria me matar por razões que eu não entendia.

A porta se fechando atrás de Leif fez o peso de chumbo no meu peito vibrar. Pensei em sair e ficar no quintal para ver outras casas iluminadas e as pessoas dentro delas. De alguma forma, saber que havia outras pessoas lá fora parecia seguro. Olhei de volta para as escadas e a ideia de subir para o meu quarto me fez estremecer. Me aproximei e parei na porta da frente. Eu poderia ficar ali até minha mãe chegar. Se alguma coisa aparecesse, poderia sair correndo rua abaixo, gritando. Tudo bem, todos pensariam que eu era louca, mas ainda assim chamaria alguma atenção.

— Não acho que medidas tão drásticas sejam necessárias. Vá para a cama, Pagan, eu estarei aqui.

Eu me virei ao som da voz de Dank. O alívio e a raiva tomaram conta de mim simultaneamente. Eu queria jogar os braços em volta dele, mas também queria dar um soco em seu nariz perfeito.

— Prefiro que você não faça nenhuma das duas coisas. Vá para a cama.

Seu tom frio doeu mais do que o medo. Ele não estava olhando para mim, mas para uma revista esportiva que Leif deixara para trás. Seus coturnos estavam apoiados na mesa e ele se reclinava em uma cadeira. Lágrimas fizeram meus olhos arderem, mas eu não choraria na frente dele. Essa era uma humilhação que eu me recusava a lhe dar. Em vez disso, corri escada acima.

A água quente do chuveiro lavou minhas lágrimas durante o banho mais longo do que o necessário. Ali, meu pranto estava camuflado.

Assim que as lágrimas pararam de rolar e tudo o que restou foi uma dor oca, desliguei a água, pisei no tapete branco fofo e enrolei uma toalha em volta de mim. Observei atentamente a garota do espelho. Seus olhos estavam vermelhos e inchados. Nenhuma quantidade de água quente poderia lavar a tristeza que refletiam. Ele estava ali e eu estava segura. Havia algo para motivar minha gratidão. O porquê de sua presença eu não tinha coragem de perguntar. Não queria que ele me visse chorar. Não queria que ele soubesse que eu acabara de passar trinta minutos no chuveiro chorando por ele. Dank podia ter roubado meu coração, ou será que havia levado minha alma? Eu não tinha certeza, mas me recusava a deixá-lo tomar também o meu orgulho.

Enrolei a toalha mais apertada no corpo e me dirigi para o meu quarto. Entrei sabendo que estaria vazio. Dank não queria ficar perto de mim. Uma pequena parte minha tinha esperanças de encontrá-lo sentado na poltrona de canto com o violão nas mãos. Novas lágrimas surgiram nos meus olhos. Eu precisava obter controle sobre aquela agonia ou o que quer que fosse. Peguei minha bermuda cortada de moletom, mas não consegui ficar perto de nada que me lembrasse de Dank e das noites que ele tinha passado cantando para eu dormir. Em vez disso, peguei a camisola e a vesti sobre a cabeça. Era rosa-clara. Dei um sorriso triste, percebendo que nunca tinha pensado nisso antes. Imediatamente a tirei e a deixei cair no chão. Eu também não poderia usá-la. Abri o closet e tirei uma camiseta de Leif que eu tinha e vesti. Eu ainda conseguia sentir o cheiro dele, o que me causou uma sensação de poder, de ser capaz de desprezar meu ruído por Dank e de abraçar Leif com minhas ações, embora meu coração estivesse diferente. Fui até a cama e deitei, pensando na música que não ouviria. O silêncio ecoava pela casa, mas eu sabia que não estava sozinha. Ele estava vigiando. Eu não queria fechar os olhos, esperando que ele viesse se sentar em sua poltrona e tocar música só para mim. O único som que eu conseguia ouvir era o lento gotejar da torneira do banheiro e o os ruídos de acomodação da casa. Se Dank não estivesse lá embaixo, cada pequeno som teria me feito pular e correr para a porta. No entanto, com ele de vigia, fui capaz de fechar os olhos e ser suavemente embalada pelo silêncio até dormir.

Música invadiu meus sonhos. Música assustadoramente doce preencheu o buraco rasgado no meu coração. Sorri, procurando a origem do som, mas não encontrei nada. Era apenas um lindo sonho.

CAPÍTULO 11

Na manhã seguinte, Dank havia partido. Eu já esperava, mas, ainda assim, corri escada abaixo, para o caso de ele ter ficado. Os dias se passaram e Dank continuou a me ignorar. Na escola, ele ainda flertava com Kendra. Eu havia me tornado invisível para ele. À noite, ele entrava na sala mais ou menos na hora de eu dormir e se sentava no sofá, fingindo que eu não estava presente. Nada fazia sentido. Não importava quantas vezes eu tentasse fazê-lo falar comigo, ele permanecia em silêncio. Uma pessoa tinha limite para ser humilhada e eu já havia alcançado minha cota. Se ele queria me ignorar, tudo bem. Eu permitiria.

— Não aceito não como resposta. Se eu tiver que ir pessoalmente à sua casa e te vestir e, em seguida, fazer com que Wyatt pegue você e a carregue por cima do ombro para o show, é o que farei. Não duvide de mim. — Miranda estava com a mão na cintura e o queixo rígido em determinação. Discutir quando ela estava desse jeito era inútil.

Wyatt riu.

— Vou te arrastar se for preciso, mas talvez devêssemos discutir a parte do arrastamento com Leif primeiro. Não tenho certeza se ele vai querer que eu jogue a garota dele por cima do meu ombro.

Miranda acenou para ele.

— Não importa! Ele não vai obrigá-la a fazer nada que ela não queira. Você vai ter que arrastá-la e eu vou ter que enfrentar Leif e sentar em cima dele enquanto você empreende a fuga.

Eu ri e me surpreendi com a graça daquilo.

— Que negócio é esse de você sentar em cima de mim? — Leif perguntou enquanto se aproximava e passava o braço em volta da minha cintura.

Miranda revirou os olhos.

— Estou tentando explicar à Pagan que eu não aceito NÃO como resposta. Ela vai ao show hoje à noite e ponto final.

Leif apertou levemente meu quadril.

— Então estamos falando de uma possível situação envolvendo reféns? — provocou ele.

Wyatt riu.

— Aparentemente, sim.

Leif me olhou com um sorriso malicioso.

— Você quer tentar fugir e ver se eles conseguem acompanhar?

Eu ri e balancei a cabeça.

— Não, está tudo bem. Eu vou, se é tão importante assim para Miranda.

Miranda deixou escapar um suspiro excessivamente dramático.

— Ah, que bom, eu não estava tão ansiosa assim para enfrentar o Leif.

— Teria sido hilário ver você tentar. — Wyatt gargalhou, e eu fiz muito esforço tentando não pensar no fato de que tinha acabado de concordar em ir ao show beneficente que a Alma Fria faria na praia.

Ver Dank no palco com o mesmo violão que ele havia tocado para mim em tantas noites, e ouvir sua voz junto com milhares de pessoas, faria o buraco no meu coração latejar. Se eu pudesse descobrir uma maneira de preencher aquela dor, eu o faria. Nada parecia adiantar.

— Vai ser incrível, Pagan. Eu sei que você não liga muito para o Dank Walker, mas, acredite em mim, ele arrasa. — Miranda enlaçou o braço no de Wyatt e olhou para ele com um sorriso tímido. — Mas ele não sabe se esquivar de três atacantes como você sabe, amor, então melhora essa cara sexy.

Wyatt sorriu e beijou o topo da cabeça de Miranda.

Ver o amor nos olhos dela quando olhava para Wyatt fez o buraco no meu coração doer ainda mais. Eu nunca amaria Leif daquela maneira. Dank Walker havia danificado meu coração e o tomado para si nesse processo.

— Só para você não começar a babar pelo roqueiro estrela. Também sou fã das coisas dele, mas posso aprender a odiá-lo bem rápido se sentir a necessidade de ficar com ciúmes. — O tom de Wyatt parecia brincalhão, mas ninguém duvidava de que ele estava falando sério.

Leif deu uma risadinha.

— Acho que não preciso me preocupar com a Pagan babando por ele. A Alma Fria não faz o tipo de música que ela gosta. Tenho a sensação de que não ficaremos lá por muito tempo.

Miranda lançou um olhar feroz para Leif.

— Não coloque ideias ou desculpas na cabeça dela. Não estou brincando. Eu vou tentar te enfrentar se eu te vir olhando esquisito para a saída.

Leif jogou a cabeça para trás e riu.

— Fico muito feliz que você tenha um bom senso de humor — disse Wyatt com um sorriso. — Seus braços são muito maiores do que os meus.

Comecei a rir, mas o desejo morreu instantaneamente quando meus olhos encontraram Dank. Ele estava na frente de Kendra, cujas costas estavam encostadas na parede, e ela sorria para ele. Ele se inclinou para baixo e sussurrou no ouvido dela. Precisei de todo o meu instinto de autopreservação e a minha força para arrancar meus olhos da intimidade que eles demonstravam ali. A dor do peito foi parar na garganta e me sufocou. Leif deve ter percebido a mudança em mim, porque me puxou para mais perto de si e acariciou meu braço nu. Quanto mais nos afastávamos de Dank, mais fácil era respirar.

A brisa noturna que soprava do Golfo do México era estranhamente quente, considerando que estávamos no final do outono. Um grande palco cercado por luzes tinha sido montado no calçadão de frente para a praia. Havia milhares de pessoas cobrindo a areia da orla. Fogueiras podiam ser vistas um pouco mais longe da multidão. Alguns alunos do ensino médio menores de idade já estavam sendo algemados por beber. Eles não seriam os primeiros ou os últimos naquela noite. Segurei firmemente a mão de Leif enquanto tínhamos que ziguezaguear pela multidão, seguindo o rastro de Miranda. Ela havia providenciado para que a empresa de seu pai comprasse assentos especiais oferecidos embaixo de uma grande tenda e que custavam muito mais caro. Eu teria ficado feliz em me juntar à massa, na areia, mas Miranda não queria de jeito nenhum. Paramos na entrada.

— Miranda Wouters e três convidados — disse ela, com um ar altivo que só parecia transparecer quando ela dava a carteirada de seu pai.

Ela não fazia isso com frequência, a menos que quisesse algo, como nos livrar das multas por excesso de velocidade. Harold Wouters era dono da Imobiliária Wouters. A empresa administrava todos os imóveis comerciais sofisticados do condado. Em outras palavras, eles eram donos da cidade.

— Por aqui, srta. Wouters — falou a jovem enquanto se virava e nos conduzia até uma fileira de assentos que nos dava uma visão perfeita do palco.

Ótimo... Não só eu teria que ouvir a voz da qual sentia falta tão desesperadamente, mas também teria uma visão perfeita dele. Olhei para Leif, que ergueu as sobrancelhas como se estivesse impressionado com nossos lugares e me deu um de seus sorrisos ansiosos. Fingir dor de cabeça não ia funcionar. Miranda ia surtar, e Leif realmente parecia animado com a ideia de termos ótimos lugares.

— Esses lugares são ótimos! É assim que eu gosto. — Wyatt se levantou, sorrindo e olhando em volta para a elaborada mesa de comidinhas e bebidas posta no canto da tenda.

— Vocês podem comer o que quiserem. Podem ir lá e pararem de babar — disse Miranda, com um sorriso satisfeito.

Wyatt lhe deu um beijo estalado nos lábios e olhou para Leif.

— Vem, cara, vamos atacar essa gororoba de bacana.

Leif se virou para mim como se pedisse permissão. Fiz um sinal afirmativo com a cabeça. Ele me lembrava de um cachorrinho leal. Leif se abaixou, me deu um beijo rápido e seguiu Wyatt.

— Pare de franzir a testa como se eu tivesse te levado a um bar todo enfumaçado. Vamos, garota, divirta-se. — Forcei um sorriso, o que só fez Miranda franzir a testa ainda mais. — O que aconteceu com você,

Pagan? Você costumava ter dificuldade em *não* olhar para Dank e em não fazer cara de tonta adoradora para ele. Agora, você o vê e parece que está prestes a vomitar. Ele te magoou ou alguma coisa assim? É por isso que você não quer estar aqui?

Se ele tinha me magoado? Ela nunca poderia saber o quanto ele havia me magoado. Neguei com a cabeça e tentei com ainda mais afinco fazer meu sorriso parecer mais realista.

— Claro que não. Só acabei de me dar conta de que ele é um babaca. Tem alguma coisa fria nele e eu não gosto de estar por perto.

Observei as ondas quebrando na praia. Se ela olhasse com muita atenção no fundo dos meus olhos, eu temia que ela notasse a agonia.

— Humm, tudo bem, então. Acho que você está certa sobre essa coisa fria. Algo nele parece duro e muito irreal.

Ela não fazia ideia de como ele era irreal.

A brisa começou a esfriar e os assentos na tenda foram todos ocupados. Eu queria estar em qualquer lugar que não fosse ali, com uma visão perfeita do palco em que Dank logo se apresentaria. As luzes diminuíram e a multidão foi à loucura. Leif colocou o braço em volta das minhas costas e eu me inclinei para ele, esperando que sua proximidade me ajudasse a superar aquela sensação. Com um rufar de tambores e o som de uma guitarra, as luzes piscaram fortemente e fogos de artifício explodiram para o alto. Um grupo de três rapazes havia subido ao palco. Um estava sentado atrás da bateria com longos dreadlocks loiros e os outros dois se posicionaram um de cada lado do palco com guitarras em mãos. A música encheu o ar da noite e gritos ecoaram da praia. A orla estava tão coberta de gente que não dava mais para ver a areia. Um estrondo alto e uma nuvem de fumaça me fizeram pular de susto. A vibração da plateia foi ficando mais alta. Dank saiu da fumaça que ia se infiltrando em volta da banda. Vi seu cabelo escuro dançar na brisa e ele estender o braço para o microfone que o aguardava no centro do palco. Ele o pegou e se voltou bem na direção da tenda. Bem na minha direção.

"Você quer o que não pode ter. Vejo nos seus olhos. A dor que
preenche suas noites é causada pelo meu combo de mentiras.

Abri a porta para você ir embora. Existe um caminho melhor para você, embora eu queira que você fique. Eu quebrei as regras, desviei do caminho, mas, quando te conheci, soube que te salvar faria a ira valer a pena. Deixe-me partir agora, antes que seja tarde demais. Deixe-me partir agora, antes que você saiba o que eu sou e seu amor se torne ódio.
Afaste-se de mim antes que eu perca as forças e te leve comigo. Você não pode ir aonde estou indo, você não pode atravessar meu inferno. Afaste-se de mim antes que eu perca as forças e te leve comigo. Meu caminho só pode ser meu. Não há como te levar também. Eu te dei vida quando estava nas minhas mãos te dar a morte. Afaste-se de mim.
Observo a vida que sei que você vai levar sem mim aqui. É o que você merece, é o seu lugar, é tudo o que eu quero, mas tudo o que temo. Quando te conheci, sabia que tinha que te salvar, mas você me salvou. Agora estou virando as costas e deixando você correr livre. Em nenhum momento esquecerei que há um fogo dentro de mim que você acendeu com seu toque. Te magoar não era o plano, mas deve acontecer pelas minhas mãos.
Afaste-se de mim antes que eu perca as forças e te leve comigo. Você não pode ir aonde estou indo, você não pode atravessar meu inferno. Afaste-se de mim antes que eu perca as forças e te leve comigo. Meu caminho só pode ser meu. Não há como te levar também. Eu te dei vida quando estava nas minhas mãos te dar a morte. Afaste-se de mim."

Minhas mãos tremeram no colo. Seu olhar nunca deixou o meu. A letra tinha sido escrita para mim. Eu não conseguia respirar com a dor que apertava minha garganta. Por que ele estava fazendo aquilo? Ele já não tinha me magoado o suficiente? As lágrimas que ardiam nos meus olhos cairiam livres, rolando pelas minhas bochechas, anunciando a meus amigos o quanto as palavras de Dank me afetavam. Eles não poderiam saber. Ninguém poderia. Eu me levantei e saí. Não podia mais ficar ali sentada ouvindo aquilo. Em algum tipo de transe desesperado, empurrei fãs gritando e corpos suados. Eu conseguiria respirar se ao menos pudesse fugir; colocar alguma distância entre mim e suas palavras. Assim que saí da tenda, me virei e corri noite adentro. Para longe do medo. Eu não estava com medo dele, mas tive medo de suas palavras. Ele ia embora. Meu estômago apertou com aquele pensamento e eu corri mais até que chegasse a uma parte em que a praia estava escura e vazia. O som da música ficou distante e eu olhei por cima do ombro para ver se Leif ou Miranda tinham vindo atrás de mim. Ninguém vinha. Eu estava realmente sozinha. Ofegando, caí de joelhos e soltei o choro que eu vinha lutando para conter desde que ele começara a cantar. Lágrimas quentes escorreram pelo meu rosto. Meu peito doía muito forte, e inspirações profundas eram impossíveis.

O ar noturno esfriou vários graus. Não era minha dor que sufocava a respiração; era a frieza que vinha com a alma. Eu me virei lentamente, sabendo que ela estava ali me vigiando. Eu podia sentir sua presença. Ela era o medo gelado. Ainda assim, o dolorido buraco negro que Dank havia deixado no meu peito fez o perigo dela empalidecer em comparação. Eu me levantei e a encarei, percebendo que o medo tinha sido substituído por ódio. Ela não me assustava mais; ela me dava raiva. Algo em sua aparição perturbava Dank e me fazia querer machucá-la pelo papel que desempenhava também na minha dor. Olhei furiosa para ela enquanto o cabelo loiro flutuava, desimpedido, na brisa do golfo.

— O que você quer de mim? — gritei em meio às lágrimas.

Dei um passo em direção a ela, apertando as mãos em punhos. Não queria que pensasse que eu seria acovardada por ela. Não queria que pensasse que poderia continuar me assustando. Sua risada tilintante encheu a escuridão ao nosso redor.

— Está marcada — disse ela em uma voz que eu havia passado a abominar.

— O que está marcada? Hein? Você por acaso sabe? Vá cuidar da sua vida maldita e me deixe sozinha, inferno! — Eu me aproximei, querendo lhe dar um soco, mas sabia que não adiantaria de nada.

Seu riso cristalino se transformou em uma risada profunda e sinistra.

— Estava marcada e ele quebrou as regras. — Sua risada morreu e ela me encarou de volta. — Você! Ele quebrou as regras por você! Por que você? O que há em você? Uma simples humana com uma hora marcada. Era tudo muito simples, mas ele tornou tudo muito difícil. — Ela apontou para mim. — Venha, chegue mais perto e eu vou consertar o erro dele.

Engoli em seco e o medo que pensei ter superado foi voltando aos poucos. Dank também tinha dito que ela viera corrigir um erro.

— Que erro? — perguntei.

Ela inclinou a cabeça como se estivesse me estudando.

— Você é diferente das outras. Suponho que isso o tenha intrigado; a ele, que tem uma existência bastante monótona.

Lutei contra a vontade de partir para cima dela, sabendo muito bem que eu provavelmente a atravessaria direto. Ela queria que eu me aproximasse. Eu precisava preservar a distância. Balancei a cabeça de um lado para o outro e dei um passo para trás. Em um borrão de luz, ela estava parada na minha frente, e minha respiração começou a ficar ainda mais rasa. Tentei dar um passo para trás, mas uma mão gelada envolveu meu pulso e começou a me puxar em direção às ondas com uma força contra a qual eu não conseguia lutar. O primeiro espirro de água fria e salgada me assustou. Aquilo era real. Desta vez, eu estava sozinha e ninguém me ouviria.

Comecei a espernear e a lutar, mas ela continuou me arrastando para o Golfo com pouco esforço. Não havia chance de sobreviver nas águas profundas. As ondas estavam ficando mais altas e ela continuava me puxando para baixo. Ela ia me afogar. Não poderia simplesmente me matar por asfixia como tinha começado a fazer na escola, antes de Dank interromper? As luzes e a música dançavam à distância. Desta vez, eu estava sozinha e ninguém me salvaria. Estranhamente, eu não queria gritar. Eu não temia mais a morte, mas gostaria de poder ter dito adeus.

Fechei os olhos quando a água me atingiu no queixo e a primeira onda caiu sobre minha cabeça. Enquanto eu permitia meu corpo amolecer e aceitava esse destino, ouvi alguém gritar meu nome. Alguém tinha me encontrado ali? Comecei a me afastar de seu aperto e a gritar, mas me ocorreu que ela provavelmente também tiraria a vida dessa outra pessoa. Ela não estava ali para buscar esse outro. Eu tinha que partir em silêncio. Quem quer que tivesse vindo me buscar não merecia aquele destino.

Um clarão forte encheu a água escura, e meu pulso foi imediatamente liberado de seu aperto gelado. Lutei para encontrar a superfície da água e puxar o ar para a ardência dos meus pulmões.

— NÃO! Eu disse NÃO! Eu fiz essa escolha e quebrei essa regra, mas a prerrogativa era minha. Deixei sua interferência impune por tempo suficiente. Isso vai acabar agora.

Eu queria abrir os olhos e vê-lo. Eu podia ouvi-lo, mas a água salgada fazia meus olhos arderem e tornava a tarefa impossível. Outra onda quebrou sobre mim e eu comecei a espernear freneticamente enquanto a água enchia meu nariz despreparado. Braços quentes envolveram minha cintura e eu me agarrei, sabendo que pertenciam a ele. Agora eu estava segura. Minha cabeça irrompeu na superfície e eu comecei a engasgar com a água salgada.

— Deixe comigo.

Dank enxugou meus olhos com um pano frio e a ardência desapareceu, assim como a tosse. Era como se eu nunca tivesse sido forçada para sob as ondas do mar frio. Eu finalmente conseguia ver o rosto de Dank. Ele estava me segurando de novo.

— Por que, Pagan? — Ele fechou os olhos, encostou a testa na minha e respirou fundo. — Por quê? Você sabia que ela ainda estava te perseguindo. Você a sentiu. Por que veio aqui sozinha? Você queria encontrá-la? Acha que enfrentá-la sozinha era a resposta?

Balancei a cabeça de um lado para o outro e olhei em seus olhos tão perto dos meus.

— Não, eu só queria me afastar. Eu precisava pensar. Vendo você... — Parei antes de dizer qualquer outra coisa.

Um sorriso triste apareceu em sua boca.

— Tudo o que ela podia fazer era tentar te matar. Para que você realmente enfrentasse a morte, a Morte teria que vir te levar. Isso não iria acontecer. — Ele parou e respirou fundo antes de encostar os lábios na minha cabeça. Seus lábios se moveram para a minha bochecha antes de se demorarem diante da minha boca. — Por mais que eu queira te beijar, não posso. — Ele soltou uma risada suave. — Você é uma garota frustrante. Não é como nenhuma outra alma que já conheci. — Toquei seu rosto e me inclinei para tocar meus lábios nos seus, mas ele se afastou e balançou a cabeça. — Não — sussurrou. — Não. Não posso. Você é especial demais. Meu desejo por você é superior ao que sei que é melhor para você. Não posso arriscar isso de novo.

— Não me deixe — implorei.

Ele tocou meus lábios com a ponta do dedo.

— Não vou deixar. Pelo menos não hoje.

CAPÍTULO 12

— O que fez durante todo o fim de semana? Leif disse que você não se sentiu bem depois do show. Achei que fosse ouvir algo de você, mas não recebi nada, nadinha. A Alma Fria foi sensacional. Você deveria ter ficado depois. Conhecemos a banda, exceto o vocalista, Dank. Ele saiu mais cedo ou algo assim. Eu não me importei, porque foi incrível! Eu poderia ter beijado o rosto do papai por isso. — Miranda enganchou seu braço no meu enquanto tagarelava sem parar. Olhei de um lado para o outro pelo corredor, necessitando ver Dank em algum lugar no mar de rostos. — Quem você está procurando? — Havia um toque de interesse na voz de Miranda.

Dank não estava em nenhum lugar na multidão. Kendra, no entanto, não só estava, como flertava abertamente com Justin. Aquilo me parecia estranho.

— Você viu o Dank esta manhã? — indaguei, olhando para Miranda e rezando para que ela não entendesse nada nas entrelinhas da minha pergunta.

Ela franziu a testa, fazendo uma cara de incompreensão.

— Dank, tipo Dank Walker, o vocalista da Alma Fria?

Fiz um sinal afirmativo com a cabeça e lancei um olhar para os armários.

— Sim, o Dank — repeti.

A expressão confusa no rosto de Miranda disparou um alarme na minha cabeça.

— Hum, você está tomando aqueles analgésicos de novo, querida? Por que o vocalista da Alma Fria estaria aqui?

Havia algo de muito errado. O pânico cresceu no meu peito.

— Bom dia — cumprimentou Leif ao se aproximar de mim e

passar o braço pelos meus ombros.

Miranda olhou para ele com um sorriso preocupado.

— Bom dia, Leif. É tão fofo que você vá buscar todos os livros dela assim que vocês dois chegam. Que tal dar algumas dicas para o Wyatt?

— De jeito nenhum. — Leif riu e apertou meus ombros de leve.

Normalmente, tê-lo por perto me ajudava quando eu estava à beira do pânico. Entretanto, naquele exato momento, eu precisava saber onde Dank estava e por que Miranda não parecia saber do que eu estava falando.

Olhei para Leif.

— Você viu o Dank?

Leif fez a mesma cara de confusão.

— Quem? — Ele pareceu igualmente confuso.

— Ela me perguntou a mesma coisa. Estou achando que ela pode ter tido que tomar analgésicos de novo esta manhã. Você ainda está com dor? Sua mãe sabe? Porque, garota, você está sob o efeito de alguma coisa se acha que Dank Walker está na nossa escola. — Miranda e Leif me olhavam como se eu fosse motivo de preocupação. Lancei um olhar para Kendra, que estava enrolada em volta de Justin.

— Kendra está namorando Justin agora? — perguntei em um tom que eu esperava que fosse coloquial e não traísse o pânico que rugia dentro de mim.

A expressão contrita de Leif se aprofundou.

— Eles estão namorando há seis meses. Você está bem, Pagan?

Forcei um sorriso e assenti.

— Ah, hum, eu esqueci. Não, estou bem. Só preciso fazer uma parada no banheiro antes de ir para a primeira aula.

Fiquei na ponta dos pés, beijei Leif rapidamente e segui para o outro lado. Eu precisava escapar dos olhos atentos deles para poder pensar. Dank tinha ido embora e ninguém se lembrava dele.

O banheiro estava vazio, o que era uma benção. Larguei os livros no balcão úmido e me inclinei contra a parede para me apoiar. Meu coração se contraiu tão dolorosamente no peito que temi que fosse parar de funcionar. Alguém apareceu e eu me virei para entrar em uma cabine. Eu precisava de privacidade para o meu colapso mental, mas, depois de apenas dois passos, percebi que a porta do banheiro nunca tinha chegado a se abrir. Eu congelei, respirei fundo, e depois olhei para a outra ocupante. Uma adolescente de cabelos escuros havia atravessado a parede. Virei-me e dei um passo em direção a ela, que então me notou. Ela pareceu surpresa que eu conseguisse enxergá-la, e um sorriso apareceu em seu rosto.

— Quem é você? — indaguei, mas ela só me olhou. — Você consegue conversar comigo? — Eu não estava mais preocupada em ignorá-los. Talvez eles tivessem as respostas. Ela balançou a cabeça e seu sorriso entristeceu. Em seguida, se aproximou de mim, estendeu a mão e tocou meu cabelo. Nada. Sem arrepios ou calafrios. Era como se ela não estivesse ali. Aquilo era o que eu sempre tinha visto das almas. — Por que você não pode falar? — insisti, e ela se moveu até ficar na minha frente. Balançou a cabeça para mim como se me corrigisse por fazer essa pergunta. — Você não tem permissão para falar comigo ou não pode? — Eu não estava com medo dela. Sabia que não tinha poder para me machucar. Sua expressão ficou nervosa e ela balançou a cabeça novamente e se afastou de mim devagar.

Dei um passo para mais perto dela.

— Por favor, preciso de algumas respostas e acho que você poderia me ajudar. — Sua expressão tornou-se assustada e ela continuou balançando a cabeça e se afastando de mim como se eu fosse algo a temer. — Por favor — implorei e, no meu último apelo, ela se virou e desapareceu na parede.

Fiquei olhando para a parede até que a porta do banheiro se abriu e uma caloura entrou. Ela parou e ficou me olhando. Eu devia estar parecendo uma idiota ali olhando para uma parede vazia. Sorri para ela de modo tranquilizador. Talvez esse incidente não virasse notícia na escola toda. Não que eu me importasse se as pessoas falassem de mim. Só não precisava da Miranda e do Leif mais preocupados comigo. Além disso, precisava de respostas e estava muito cansada de esperar que Dank me dissesse. A jovem alma não era capaz de me ajudar por razões que eu não conseguia entender. No entanto, eu tinha a sensação de que, se continuasse procurando, logo encontraria alguém que estivesse pronto para falar ou que conseguisse falar.

Os corredores já estavam vazios, o que significava que eu estava atrasada para Literatura Inglesa. A dor voltou quando pensei em enfrentar a aula sem Dank. Mesmo quando ele estava me ignorando, eu podia ouvi-lo falar e sentir o calor do seu olhar. Agora, eu não ia ter nem esse pequeno conforto. O que doía ainda mais era como ninguém parecia se lembrar dele. Era como se ele nunca tivesse existido. Parei na porta. Entrar parecia insuportável. Abracei meu próprio corpo para segurar dentro de mim a dor que me rasgava e me apoiei na parede. Fiquei olhando para o corredor vazio, desejando que outra alma aparecesse vagando ali.

Em vez disso, o silêncio vazio não se alterou. Pela primeira vez na vida, eu queria ser incomodada pela presença de almas e não havia nenhuma por perto. Se eu pudesse ir a algum lugar infestado de almas errantes, poderia perguntar a todas elas. Poderia perguntar e perguntar até encontrar uma que pudesse e falasse comigo. Algo sobre a jovem alma no banheiro me dizia que ela poderia ter se comunicado se quisesse. Ela estava com medo. Com medo de quê? O que as almas tinham a temer? Afinal, elas estavam mortas, ou pelo menos seu corpo estava.

— O hospital — sussurrei em voz alta, lembrando-me de que o lugar onde eu tinha visto infinitas almas errantes era o hospital.

Eu me virei e fui em direção às portas para sair da escola. Iria até lá e começaria a perguntar a cada alma que encontrasse. Uma delas teria que me responder. Eu descobriria como encontrar Dank. Ele era real. Eu o tinha conhecido. Eu o amava. Eu o encontraria.

— Srta. Moore? Nossa aula é por aqui — a voz do sr. Brown interrompeu meus pensamentos e eu parei e suspirei em derrota antes de me virar e encarar o professor de Literatura Inglesa.

— Sim, senhor, eu estava... hum, só vou pegar um passe de atraso.

Ele sorriu e balançou a cabeça.

— Não precisa, mas se apresse, por favor, estamos acabando de começar com a beleza que é a ficção. Venha agora. — Ele deu um passo para trás, esperando que eu entrasse primeiro.

Voltei em direção à entrada da classe, mas querendo virar e sair correndo na direção oposta. Eu sabia que, se minha mãe recebesse uma ligação por eu estar matando aula, ficaria furiosa, e minhas chances de encontrar Dank iriam de pequenas para nulas depois que eu ficasse trancada no meu quarto pelo resto do ano.

Entrei na sala de aula e fui até meu lugar vazio perto da janela. A cadeira atrás de mim estava vazia. Olhei para Kendra e na carteira atrás dela estava Justin. Ele tinha acabado de entrar e tomar o lugar que tinha sido de Dank. Contrariada, eu me virei de novo para a frente. Como ela podia ter sido tocada por Dank, beijada por ele, e esquecer tão facilmente que ele existira? Eu não tinha esquecido. Como ela poderia? Como ela poderia não sentir a dor da ausência? Ele era bom demais para ela. Por que Dank tinha perdido tanto tempo com Kendra? Afundei na cadeira e engoli o nó de emoção que foi brotando dentro de mim. Eu não poderia assistir àquela aula sem ele ali.

— A tarefa de leitura de hoje deverá ser feita individual e em silêncio. Não conversem com os colegas. Quero silêncio completo enquanto inalam a beleza da palavra escrita. Absorvam. Deixem que penetre na veia de vocês e a encham de tal maravilhamento glorioso que vocês comecem a brilhar. — Gemidos começaram a se propagar pela classe. — Tsc, tsc, tsc. Vamos nos excitar com a palavra. Excitar com sua beleza.

Os resmungos continuaram enquanto o som de páginas virando enchia a sala. Esse seria um momento para a maioria dos alunos tirar uma soneca atrás dos livros didáticos. Abri o meu, querendo encontrar algo para tirar meus pensamentos de Dank. Quando o dia acabasse, eu iria para o hospital e começaria a fazer perguntas. Alguma alma em algum lugar tinha respostas.

— Argh, isso é coisa de poeta — uma voz resmungona veio do fundo da sala.

O sr. Brown ergueu os olhos do livro em suas mãos.

— Ah, sim, é, sr. Kimbler, que gentileza sua notar.

Mais gemidos irromperam e eu achei a página que estava indicada na lousa. Era o trabalho de William Wordsworth. Eu também senti a necessidade de gemer de desespero. Estudar o início da Era Romântica não era algo de que eu precisava agora. Onde estavam os dramaturgos trágicos quando a gente precisava deles?

— Como essa loucura ajuda a gente no mundo real? — Justin questionou com uma voz arrogante. Risadinhas maliciosas irromperam pela sala de aula.

— Apoiado — alguém concordou alto com uma batida na mesa.

O sr. Brown ergueu os olhos mais uma vez com uma expressão ligeiramente irritada no rosto.

— Senhores, se não estudarem as palavras de famosos poetas românticos, como aprenderemos a cortejar a mulher que um dia amarão? Posso garantir que P. Diddy não tem palavras de instrução em suas criações líricas. — As palavras do professor causaram algumas risadas.

Eu teria achado tudo isso muito divertido se o conceito de ler as letras de P. Diddy não parecesse tão atraente no momento. Olhei para o poema que íamos ler para escrever uma dissertação de duas páginas. *Para uma jovem*, de William Wordsworth. Eu só podia esperar que não fosse um poema de amor duradouro.

Cara Filha da Natureza, deixe-os reclamar!
— Há um ninho em um vale verde,
Um porto e uma fortaleza,
Onde uma Esposa e uma Amiga verás
Teus próprios dias deliciosos, e será
Para jovens e velhos uma clareza.
Lá, saudável como um Menino Pastor,
Como se sua herança fosse auspício,
E o prazer fosse teu ofício,
Tu, enquanto teus Bebês ao teu redor se agarram,
A nós mostrarás como algo divino
Pode se tornar o poder Feminino.
Teus pensamentos e sentimentos não morrerão,
Nem com os cabelos grisalhos eles te abandonarão,
Uma escrava melancólica

Mas uma velhice viva e esperta,
Como a beleza que a noite da Lapônia desperta
Levará a ti para a cova certa.
— O prazer pela terra se espalha
Em presentes perdidos a serem reclamados por quem os encontra.

Meu coração despedaçado latejava. Comecei a escrever. A dor dentro de mim se derramava sobre o papel. Era quase como se eu estivesse sangrando com cada palavra que rabiscava. Perdida na minha necessidade de expressar a alguém a dor que eu sentia por dentro, levei um susto quando meu papel foi tirado das minhas mãos. Levantei a cabeça bruscamente. O sr. Brown me deu um pequeno aceno e limpou a garganta antes de falar.

— Ah, parece que a srta. Moore conhece William Wordsworth ou pelo menos já leu o dever de casa. — Ele olhou para a classe por cima dos óculos de meia-lua. — O que é muito mais do que posso dizer sobre o restante de vocês. — Ele olhou de volta para o meu trabalho e endireitou seu físico curto e redondo. — Wordsworth estava se lembrando da irmã, com quem havia sido censurado por fazer longas caminhadas no campo. Ele estava pensando na vida dela e na plenitude que ela experimentaria. Ele a parabenizava ou elogiava por seus esforços para apreciar a beleza ao seu redor em vez de seguir as regras.

O sinal tocou e os alunos começaram a se esforçar para sair da sala de aula com medo de que o sr. Brown os forçasse a ouvir mais do meu trabalho, ou pior, pegasse o deles para ler em voz alta. Ele colocou o trabalho de volta na minha mesa e sorriu para mim.

— Você é realmente um encanto, Pagan. Estou ansioso para ler o resto desse texto amanhã. — Ele se virou e voltou para sua mesa com um gingado corpulento.

Leif entrou na classe sorrindo para mim.

— Você vem, linda? Eu sei que gosta de Literatura Inglesa, mas acabou por hoje.

O sr. Brown sorriu para mim.

— Ah, sim, mas, sempre que você quiser me procurar para discutir a beleza da literatura, esteja à vontade.

— Obrigada, sr. Brown. — Isso não aconteceria, mas ele realmente era um velhinho gentil. Um pouco excêntrico, mas muito gentil.

— Não dê ideias a ela, sr. Brown — Leif brincou enquanto pegava os livros das minhas mãos.

— Ah, o jovem bonito que possui o coração dela não quer dividir — disse o sr. Brown com um sorriso que empurrou suas bochechas volumosas para trás apenas um pouquinho.

Leif deu risada.

— O senhor está certo.

— Agora, me diga mais uma vez o que você vai fazer que é mais importante do que comprar botas de inverno perfeitas? — A mão direita de Miranda pousou em seu quadril enquanto ela me olhava boquiaberta como se eu tivesse acabado de falar espanhol. Puxei a mochila mais alto no ombro e mantive os olhos fixos no estacionamento.

— Vou me inscrever para fazer trabalho voluntário no hospital.

Eu não tinha uma explicação moral verdadeira para isso. Não consegui me obrigar a dizer à Miranda como eu sentia a necessidade de me doar ou o que quer que as pessoas que faziam voluntariado davam de justificativa para ir ajudar os doentes e moribundos. A verdade era que eu odiava hospitais e Miranda sabia disso. Ela não sabia por que eu os odiava; apenas que eu odiava. Eu nunca tinha sido capaz de explicar a ela como as almas errantes que enchiam os corredores dos hospitais me incomodavam.

— Então você superou a aversão a hospitais agora que passou uma semana lá? — ela perguntou, curiosa. Dei de ombros porque minha estadia lá não tinha nada a ver com isso.

— Acho que sim. — Era uma desculpa tão boa quanto qualquer outra.

— Tudo bem, então, se você deve fazer algo para o bem dos outros enquanto eu faço algo para o bem maior do meu guarda-roupa de inverno, então acho que pra mim está tudo bem.

Sorri para ela e fui para o carro de Leif. Ele havia me deixado as chaves dele e dito que pegaria uma carona para casa com Justin. Eu também havia colocado na cabeça dele esse papo de "Quero ser voluntária". Não era totalmente mentira. Eu decidi que era a melhor maneira de ver almas suficientes sem que alguém me internasse na ala psiquiátrica por vagar pelos corredores falando sozinha. Dessa forma, eu tinha um motivo para estar lá e encontraria muitas almas com quem me comunicar. Em algum momento, eu encontraria uma que pudesse falar.

— Me liga quando chegar em casa depois das suas boas ações e eu levo minhas compras pra te mostrar.

— Ok, boa sorte! — exclamei de longe, destrancando o carro e entrando.

Pela primeira vez em três dias, eu tinha alguma esperança. Eu não conseguia esquecer o olhar de Dank na sexta-feira à noite, quando me pegou nos braços. Ele tinha sido muito real. O fato de ninguém parecer pensar que ele já andara pelos corredores da nossa escola não significava que eu estava ficando louca. A questão era que, desde o meu nascimento, eu via pessoas que ninguém mais conseguia ver. Havia algo de diferente em mim, não era nenhuma novidade extraordinária. Dank tinha segredos e eu iria desvendá-los. Eu precisava saber, porque precisava dele. A resposta por trás de sua partida estava em seus segredos e eu sabia que, se pudesse descobrir, conseguiria encontrá-lo e trazê-lo de volta.

CAPÍTULO 13

Dei uma olhada de relance para o meu crachá. Minha mãe ficaria emocionada. Esse fato ficaria maravilhoso nas minhas inscrições para a faculdade. Quanto mais serviço comunitário, melhor; bem, desde que fosse voluntário e não compulsório. Eu tinha recebido a tarefa de ler para as crianças, já que era meu primeiro dia e não havia ninguém para me treinar para fazer as tarefas mais difíceis.

Saí do elevador no andar da ala pediátrica, e três das almas pelas quais eu havia passado no andar anterior ficaram me observando. Acenei com a cabeça.

— Olá — eu disse alegremente e todas pareceram surpresas.

Eu me virei e segui as instruções que tinha recebido do voluntário da recepção. Não demorei mais do que alguns minutos para perceber que a ala pediátrica estava cheia de almas errantes. Passei por crianças em cadeiras de rodas me olhando com curiosidade. Sorri e disse "olá" ao passar por elas. Meu coração começou a doer por outras razões além da minha perda. Ver os sorrisinhos em seus rostos pálidos não era fácil. Uma garotinha com cabelos longos, ruivos e cacheados chamou minha atenção. Ela ficou na porta de seu quarto olhando — não para mim, mas de cada lado meu e atrás de mim — com curiosidade antes de olhar diretamente para mim. Diminuí o passo e lancei um olhar rápido para trás, percebendo que a maioria das almas para as quais eu tinha sorrido e falado estavam me seguindo. Ela as via também. Parei e observei atentamente, por um instante, seu rostinho adorável. Ela estava em pé apoiada no que parecia ser um andador. Ela olhou para eles de novo, sorriu calorosamente e então seus olhinhos me encontraram.

— Você os vê? — perguntei em um sussurro, com medo de que outros me ouvissem e pensassem que eu estava louca. Ela fez que sim, balançando a cabeça, o que fez seus cachos ruivos saltitarem.

— Você vê? — ela me devolveu em um sussurro alto. Confirmei. — Legal — respondeu, sorrindo.

Pisquei e continuei meu caminho para a sala de atividades. Eu não podia ficar ali parada conversando com uma criança nos corredores sobre as almas que nós duas conseguíamos ver sem chamar atenção. Nunca conheci alguém que conseguisse enxergar as almas. Era difícil simplesmente me afastar de seu rostinho conhecedor, mas sabia que a veria novamente. Eu pretendia encontrá-la mais tarde.

Achei a porta azul-celeste com a frase "Hoje você é Você, isso é mais verdadeiro que verdade. Não há ninguém vivo que seja mais Você do que Você", do Dr. Seuss, pintada em cores vivas. Aquele era o lugar onde eu deveria ficar. Abri a porta e imediatamente encontrei as prateleiras dos livros à direita.

Eu me virei e sorri para as almas que me seguiram para dentro.

— Algum de vocês tem uma sugestão? — Todas me observaram e algumas se aproximaram para me ver de perto ou me tocar. Eu não conseguia senti-las. — Ninguém? — A sala permaneceu em silêncio. Suspirei e voltei para os livros. — Muito bem, eu mesma vou escolher.

— Meu favorito é *Onde vivem os monstros.*

Eu me virei, pensando que uma alma finalmente tinha falado. As almas estavam todas observando a garotinha ruiva do corredor. Ela estava parada na porta aberta sorrindo para mim.

— Elas não vão falar com você, sabia? Elas não conseguem — disse, ao entrar.

— Elas não conseguem? — perguntei, olhando em seus olhos, que não pareciam ter a mesma idade de seu corpinho.

Ela balançou a cabeça tristemente e suspirou.

— Não. Eu tentei fazer elas falarem. Mesmo assim, elas gostam que a gente fale com elas. — A menina fez uma pausa. — Bem, algumas gostam que a gente converse, mas não conseguem responder. São almas que estão lutando contra o retorno, então elas ficam aqui e vagam sem rumo. — Ela olhou por cima do ombro para as almas e deu um suspiro. — Mas elas começam a esquecer quem são ou por que estão aqui. É triste, na verdade. Se tivessem seguido para o outro lado, sua alma teria recebido outro corpo e outra vida, em vez dessa existência inútil.

Eu me aproximei e me sentei na cadeira na frente dela.

— Como você sabe disso? — indaguei, surpresa que uma criança tão pequena pudesse saber muito mais do que eu sobre as almas que eu tinha visto durante toda a minha vida.

Ela encolheu os ombros.

— Acho que ele não queria que eu ficasse com medo. Elas têm medo dele, sabe, e ele não queria que eu tivesse também. Ele não queria que eu tivesse medo das almas. E acho que ele não queria que eu me tornasse como elas.

Balancei a cabeça, tentando descobrir de quem ela estava falando.

— Como assim? Quem é ele?

Ela franziu a testa, e as almas que tinham se reunido na sala desapareceram.

— Elas têm medo dele, como eu disse. Ele é a única coisa de que as almas se lembram porque foi a última coisa que viram em vida. É meio bobo, na verdade, porque a culpa não é dele. Só era a hora marcada.

Paralisei com suas palavras e agarrei o braço da cadeira em que estava sentada para me apoiar. Meu coração começou a bater forte no peito quando perguntei:

— O que você quer dizer com "hora marcada"?

Ela me observou com atenção por um minuto e então sussurrou:

— Era a hora marcada para eles morrerem. Assim como a minha vai chegar em breve. Ele me contou. Ele não deveria ter feito isso, mas ele pode quebrar as regras se quiser. Ninguém pode impedi-lo. No fim das contas, a decisão é dele.

Engoli a bile na garganta com essa menininha falando sobre a própria morte.

— Quem te contou?

Ela balançou a cabeça.

— Não fique tão triste. Ele disse que este corpo que tenho está doente e, quando eu morrer, vou ter um novo corpo e uma nova vida. As almas não são forçadas a vagar pela Terra. Apenas aquelas que têm muito medo de seguir em frente são deixadas aqui para vagar. Se a gente escolhe deixar a Terra, a gente retorna em um corpo novo e em uma vida nova, mas a nossa alma vai ser a mesma. Ele me disse que o homem que escreveu meus livros favoritos, *As crônicas de Nárnia*, falou assim: "Você não é um corpo. Você tem um corpo. Você é uma Alma". — Ela sorriu com a ideia, como se fosse brilhante.

Respirei fundo para me acalmar antes de perguntar mais uma vez.

— Quem é "ele"?

Ela franziu a testa.

— O autor? C.S. Lewis.

Balancei a cabeça.

— Não, o "ele" que te contou tudo isso. O "ele" de quem as almas têm medo. — Ela franziu a testa e se virou para sair. — Não, espere, por favor... eu preciso saber quem ele é — implorei.

Ela olhou para mim e balançou a cabeça.

— Até chegar sua hora marcada, você não pode saber. — Ela se foi.

Eu segurava o livro *Onde vivem os monstros*, pronta para ler enquanto as crianças entravam, mas ela não veio junto. Forcei um sorriso e um tom alegre ao ler as palavras de que me lembrava da minha infância. Quando terminei, várias crianças pediram outros livros e, entorpecida, peguei cada um da prateleira e fui lendo até que as enfermeiras insistiram que era hora de voltarem aos quartos para jantar.

Depois de vários abraços e agradecimentos, voltei para os corredores. Desta vez, não me incomodei em sorrir para as almas errantes. Elas não podiam me ajudar. Eu tinha certeza de que a única pessoa que poderia me ajudar seria a garotinha que havia falado com "ele" e, no fundo, eu temia saber exatamente quem "ele" era e o que fazia.

— Tenho uma surpresa para você — Leif anunciou ao entrar na sala da minha casa, às sete da noite.

Espiei por cima do livro aberto sobre a mesa e sorri para ele. Ver Leif ajudou a aliviar o vazio dentro de mim. Ele se abaixou, me deu um beijo suave na boca e, em seguida, colocou um folheto na minha frente sobre a mesa.

— Gatlinburg, Tennessee? — perguntei, lendo o folheto com a imagem de uma montanha nevada com um teleférico e ruas festivamente iluminadas.

Ele sorriu e sentou-se na cadeira ao meu lado.

— Um fim de semana inteiro de esqui e compras. Meus avós têm um chalé nesse lugar, e nós vamos para lá todos os anos. Falei com a Miranda, e o pai dela já deixou. Ele vai cobrir as despesas de viagem para ela e o Wyatt, e meus pais querem te dar um presente em troca de todo o seu esforço em me ajudar a conseguir um 10 na aula de Retórica. — Ele deu um sorriso travesso. — E porque eles sabiam que eu não iria a menos que você fosse.

Uma viagem para esquiar não era algo em que eu queria pensar naquele momento. Emocionalmente, eu mal estava me aguentando e precisava encontrar Dank. Eu só não conseguia pensar em como exatamente iria encontrá-lo.

— Nossa. — Forcei um sorriso.

Ele tomou meu sorriso falso como incentivo, abriu o folheto e começou a falar sobre todas as coisas para fazer no topo da montanha. Eu estava tentando pensar em como recusar, quando minha mãe entrou.

— Olá, Leif, você já jantou? Trouxe comida chinesa do encontro com meu agente literário. Vocês estão com fome? — ela perguntou.

— Estou morrendo de fome — respondeu Leif, com entusiasmo.

— Não, obrigada — falei. A ideia de comer alguma coisa me revirava o estômago.

Percebi que Leif estava contando para a minha mãe sobre a viagem para esquiar e entrei em pânico, tentando pensar em uma maneira de impedir aquilo de prosseguir.

— Ah, isso seria perfeito, Pagan. Tia Margie nos convidou para ir ao rancho no Dia de Ação de Graças, mas eu odiaria a ideia de ter que te levar de volta para lá e fazer você ser testemunha do sofrimento dela no primeiro Dia de Ação de Graças sem o Ted. Ela precisa de mim e eu poderia ir se você fosse passar o feriado nas montanhas com seus amigos. Não vou sentir como se você estivesse sofrendo. Isso é simplesmente perfeito. Leif, obrigada. Preciso ligar para seus pais esta noite e perguntar os detalhes. Mas quero que ela leve dinheiro. Não posso aceitar que seus pais paguem todas as despesas.

Leif negou com a cabeça.

— Ah, não, não é necessário. Eles querem pagar. Ela foi a resposta às preces deles em relação ao meu desempenho na aula de Retórica este ano. Eles não poderiam ter pagado um tutor melhor. — Ele lançou um sorriso malicioso na minha direção e depois sorriu de forma educada para minha mãe outra vez.

Eles já estavam planejando aquilo como se fosse algo certo. Minha mãe não ia me dizer não ou questionar. Eu não tinha saída, a menos que quisesse magoar não só Leif, que não merecia, mas Miranda também. Sem dúvida, ela estava empolgada com a viagem e, mesmo que tudo o que quisesse fosse procurar Dank, eu não podia. No momento, nem mesmo sabia por onde começar. Meu plano havia esbarrado em um obstáculo instransponível. Em uma súbita explosão de esperança, procurei no eBay por ingressos para shows da Alma Fria, pensando que, se eu fosse a algum, iria vê-lo e saberia que ele era real. Eu poderia acabar com todos aqueles medos agitados dentro de mim de que era alguma coisa que eu não podia ter ou tocar. Mas, mesmo se eu pudesse pagar os ingressos, não poderia pagar as despesas de viagem para chegar aos locais dos próximos shows.

— Acho que é isso que precisamos fazer amanhã — minha mãe disse alegremente. Eu não fazia a mínima ideia do que ela estava falando.

Olhei para ela e fiz uma careta.

— O quê?

Ela revirou os olhos.

— Comprar seu equipamento de neve, bobinha. Você também vai precisar de roupas de inverno mais pesadas. Ah, isso vai ser tão divertido! Estou superanimada com tudo isso. Vocês dois façam sua lição de casa enquanto ligo para a Margie e conto que estarei lá no Dia de Ação de Graças.

Minha mãe nos deixou e Leif se virou, sorrindo triunfante, uma caixa de arroz frito em uma das mãos e os pauzinhos na outra.

— Ela é incrível, eu juro. Os pais de Wyatt resistiram um pouco.

Com ela foi muito fácil. — Ele beijou o topo da minha cabeça e deu a volta para se sentar à mesa. — É melhor você ligar para Miranda e contar as boas novas antes que a gente comece. Ela está esperando notícias suas.

Assenti e peguei meu celular. Teria que fingir animação pelo bem de Leif e dela. O celular tocou uma vez antes de um grito intenso explodir do outro lado da linha.

— Por favor, diga que ela deixou, por favor, por favor, por favor — cantou a voz de Miranda.

— Ela deixou — respondi com um sorriso na direção de Leif.

— FANTABULOSO! Nós vamos nos divertir muito. Fazer compras na neve. Não é romântico demais? Quer dizer, de verdade, tem como ser melhor do que ver neve em ruazinhas pitorescas cheias de lojas? Não, não tem. Só que já te aviso agora: não vou colocar meu pé em esqui nenhum. De jeito nenhum. Eu quero é fazer compras, não ir para o pronto-socorro e ganhar um gesso grande e feio. Você vai esquiar?

Olhei para Leif de relance, já que obviamente ele podia ouvir a voz dela pelo telefone. Ele estava balançando a cabeça em afirmação com um grande sorriso.

— Não sei se tenho escolha.

— Ai, bem, eu tenho, e não vou esquiar. Sabe, a pessoa cai e fica com a bunda gelada e molhada. De jeito nenhum. Nem pensar.

Leif deu risada.

— A gente veste um macacão de neve, Miranda, que mantém o traseiro seco — gritou ele, longe do celular.

— Tanto faz, eu não vou esquiar. Ah, eu preciso ligar pro Wyatt e contar pra ele. Temos que comprar roupas de inverno de verdade. Você vai ter que abandonar seu serviço comunitário por uma tarde ou possivelmente duas. Bom, é isso! IIIEEEII! Depois a gente se fala.

Desliguei a ligação e coloquei o celular sobre a mesa.

— Pode ser um pouco difícil conviver com ela pelas próximas duas semanas — brinquei.

Leif assentiu.

— Acho que você pode estar certa. — Ele recostou-se na cadeira. — Então, me fale sobre esse serviço comunitário.

Eu não queria falar com ele sobre esse tema. Em vez disso, fiquei olhando fixo para o caderno na minha frente.

— Bem, estou trabalhando como voluntária no hospital. Atualmente, estou lendo livros para as crianças.

Eu esperava que fosse toda a informação de que ele precisava. Olhei para ele e a admiração em seus olhos me fez sentir uma pessoa terrível. Eu não tinha ido ser voluntária porque estava preocupada com os outros; tinha ido atrás de respostas. No entanto, já havia encontrado todas as respostas que provavelmente encontraria lá. Ela era apenas uma criança, mas se expressava como se soubesse exatamente do que estava falando. No dia seguinte, eu planejava conversar com os idosos que eu sabia que não tinham mais muito tempo de vida e ver se algum deles me contava se tinha visto esse "ele" a quem ela se referira.

— Você é uma garota especial, Pagan Moore, e eu sou um cara de sorte — comentou Leif, olhando para mim com um sentimento nos olhos que eu não merecia.

Balancei a cabeça.

— Não; mais normal que eu, impossível. Acredite. Bom, agora, vamos fazer a lição de casa.

Eu precisava mudar de assunto antes que começasse a chorar e admitisse o quanto, na verdade, eu era uma pessoa horrível. Eu usava Leif como conforto e já o estava usando fazia muito tempo. Agora, estava usando pessoas doentes para me ajudar a encontrar Dank. Será que não me deteria por nada para encontrá-lo? Por que o amor tinha que ser tão intenso?

— Certo, esta semana nós nos deparamos com uma questão desafiadora: alunos do ensino médio devem depender do auxílio do café pela manhã? Bem profundo, hein? — Dei uma risada nada sincera e estendi a mão para meu laptop. — Acho que precisamos pesquisar esse assunto no Google. Porque eu mesma acredito que o café é o néctar dos deuses e, sim, precisamos dele desesperadamente. Só que me parece que seu professor tem uma opinião diferente.

Leif encolheu os ombros.

— Eu odeio esse negócio, então não sirvo de ajuda. Você realmente acha que a internet vai ter informações sobre isso?

Olhei para ele enquanto apertava "Enter".

— Hum, sim, eu acho. Teremos os argumentos dos grupos preocupados com a saúde e os argumentos da Starbucks ao nosso alcance em apenas um segundo.

Leif se inclinou, olhou para a tela e sorriu.

— Legal, então de que lado eu devo ficar nessa argumentação?

CAPÍTULO 14

As ruas já estavam decoradas com os pisca-piscas cobrindo cada árvore. A decoração das vitrines esbanjava espírito natalino. As ruas cheiravam à calda quente e ao caramelo que vinham das lojas de doces espalhadas pelas esquinas. A neve caía preguiçosamente e se agarrava aos casacos ao caminharmos por ali. Wyatt já carregava cinco sacolas, cheias das compras de Miranda. Um vento gelado fez meu nariz dormente latejar. Eu me encolhi no cachecol que tinha enrolado várias vezes em volta da parte inferior do rosto. Não estava acostumada com aquele clima. O inverno na Flórida não era frio assim. Leif me puxou para o lado dele.

— Venha, vamos ali na cafeteria tomar algo para nos aquecer.

— Ótima ideia. Preciso de um descanso dessas sacolas e tenho certeza de que Miranda não encontrará nada para comprar aqui — Wyatt concordou.

Ri para ele através do cachecol que cobria minha boca. Ergui a mão e o puxei para baixo, olhando para ele.

— Você deve estar brincando. Sabe muito bem que ela pode encontrar algo em qualquer loja que entre. Até agora, já passamos por cinco lojas e você está carregando cinco sacolas.

— Blábláblá — disse Miranda, acenando a mão coberta pela luva de pelinhos. — Para que servem essas lojinhas fofas senão para comprar?

Leif riu atrás de mim e fomos todos até uma mesa. Suspirei quando o calor da cafeteria pareceu descongelar o meu nariz — a única parte do corpo que eu não tinha sido capaz de cobrir.

— O que você quer? — Leif perguntou, tirando o cachecol e o pendurando junto com o imenso sobretudo preto nas costas da cadeira ao meu lado.

— *Caramel latte* com chantili — respondi.

Ele se virou e se juntou a Wyatt no balcão e eu olhei para Miranda.

— Parece que meu nariz vai cair por ulceração — resmunguei e o esfreguei com as mãos cobertas por luvas.

Ela fez que sim e esfregou o dela também.

— Sei o que quer dizer. Agora que estou aqui dentro, sem pensar no que comprar, posso sentir a dormência.

Abri a boca para dizer algo quando notei a alma parada no balcão, observando as pessoas fazerem seus pedidos. Ela parecia confusa. Agora que eu sabia o que eram e por que sempre pareciam tão perdidas e confusas, desejei poder fazer alguma coisa para ajudá-las. Poderia viver mais vidas se ao menos seguissem em frente. Em vez disso, o medo as segurava ali e tudo o que podiam fazer era vagar, perdidas.

— Para quem você está olhando com essa cara de choro? — perguntou Miranda, tirando o queixo de dentro do cachecol envolto em seu pescoço.

Desviei meu olhar da alma e a encarei.

— Para ninguém, só estava perdida em pensamentos.

Miranda voltou a olhar para trás, mas tudo o que viu foi Wyatt e Leif vindo até nós trazendo cafés fumegantes para todos. Bem, menos para Leif, que tomaria chocolate quente.

— Aqui está. Vamos ver se podemos fazer o sangue congelado em nossas veias voltar a circular — disse Wyatt, todo jovial, ao colocar o *latte* na frente de Miranda.

Peguei o meu com Leif e tomei um gole, precisando que um pouco de calor fluísse pelo meu corpo. Miranda pegou a caneca e a segurou perto da nariz. Eu ri, e Wyatt revirou os olhos.

— Ria o quanto quiser, mas a sensação é maravilhosa.

Observei a caneca e decidi que não me importava se parecesse boba, queria esquentar o nariz também. O calor que vinha dali foi maravilhoso para ele.

— Vocês, meninas da Flórida, passam muito aperto com um pouco de frio.

Miranda abaixou a caneca e encarou Leif, incrédula.

— Um pouco de frio? Está maluco? Parece que está uns dez graus abaixo de zero lá fora! — ela choramingou e segurou a caneca contra o nariz.

— Hum, não. Na verdade, só está fazendo seis graus. Estamos muito longe do zero absoluto.

Coloquei a xícara sobre a mesa.

— Hum, parece ser dez graus abaixo de congelante, então eu diria que está muito mais frio do que um pouco de frio.

Miranda sorriu para mim por eu ter saído em sua defesa e lançou um sorriso todo cheio de si para Leif. O braço dele deslizou ao meu redor e eu me permiti fingir, por ora, que minha vida era normal, que eu amava Leif e que meu coração não estava irremediavelmente danificado por estar apaixonada por alguém que eu não poderia encontrar e temia nunca mais voltar a ver. A risada sonora da minha melhor amiga e sua felicidade por estar rodeada pelos amigos e pelas compras pareciam muito normais. Eu poderia fingir estar inteira. Poderia fingir que era feliz e que uma alma errante não tinha acabado de vagar pela parede às costas de Wyatt procurando dentre as pessoas ao seu redor por alguém que pudesse ter a resposta para seu problema. Ninguém poderia ajudá-la naquele momento. Foi mais difícil manter meu sorriso falso no lugar, mas mantive, porque ignorar o sobrenatural ao meu redor era o que eu vinha fazendo por toda a vida.

— Acho que é melhor não sairmos esta noite. Quer dizer, sei que não é lá muito legal ficarmos no chalé com os nossos pais, Leif, mas está congelando lá fora. — Miranda fazia careta ao olhar pela janela lateral do Hummer que os pais de Leif tinham alugado para nós.

— Estamos dentro de um monstro, amor, não se preocupe. — Wyatt se inclinou e deu um beijo no pescoço de Miranda, fazendo-a rir. Voltei a olhar a estrada à minha frente, desviando o foco do casal feliz no banco de trás.

— Wyatt está certo, Miranda. Meus pais alugaram esse carro para que a gente pudesse se locomover com facilidade no clima gelado. Além do mais, a Pancake House não é algo que você vai querer deixar passar. Pilhas de panquecas cobertas com tudo quanto é tipo de coisa que você pode imaginar. Estou babando só de pensar — concluiu Leif, sorrindo.

— AFF! Vou estar com uns cem quilos quando for embora daqui. A gente só come. Se você me fizer parar em mais uma dessas lojas de doce, eu acho que fujo gritando. — Miranda fez beicinho.

Wyatt riu.

— Ou vai testar cada provinha que eles te derem.

Miranda deu um soquinho de brincadeira no braço dele.

— Ah, sai pra lá. Não me lembre da minha fraqueza e do desastre que causei nos meus quadris.

— Eu gosto muito dos seus quadris — Wyatt respondeu em um sussurro rouco que pudemos ouvir com bastante clareza ali da frente.

— Tá bom, prestem atenção, vou fazer os dois irem a pé para o restaurante se não pegarem leve aí atrás — avisou Leif, sorrindo para eles pelo espelho retrovisor.

Mantive o foco na estrada enquanto a neve parecia cair com mais força. Toquei o cinto de segurança e senti uma fisgadinha de dor ao me lembrar de Dank parado no quarto em que eu estava no hospital dizendo que o cinto de segurança tinha salvado minha vida. Ainda assim, minha mãe dissera que eu havia sido atirada para fora do carro e que não usar o cinto foi o que salvou minha vida. Eu teria sido esmagada se tivesse ficado dentro do carro. A lembrança do peso sobre o meu peito, da dificuldade de respirar, surgiu na minha cabeça. Eu estava no carro quando ele finalmente parou de capotar. Pensei que sufocaria por causa de todo aquele peso sobre mim. Então, fui tirada do carro e colocada sobre a grama. A dor tinha sido tão intensa que eu não conseguia abrir os olhos. Como saí do carro? Alguém me tirou. Alguém desafivelou o cinto, me tirou do carro esmagado e me colocou em segurança sobre a grama. Nunca voltei a perguntar a ele sobre o cinto de segurança.

Agora, ao passarmos pelas estradas congeladas da montanha, a ficha foi caindo. O alguém que me havia me tirado do acidente tinha que ser a única pessoa que sabia que eu estava usando o cinto de segurança. Por que não perguntei de novo? Esqueci que estava de cinto. Leif tinha aparecido e eu me permiti esquecer sobre o acidente e os eventos que levaram a ele.

— Você está bem? — A mão de Leif deslizou pela minha perna e segurou a minha.

Disfarcei a dor e me virei para lhe dar um sorriso tranquilizador.

— Estou.

Ele apontou com a cabeça em direção aos pinheiros cobertos pela neve que passavam pela minha janela.

— É lindo, não é?

Fiz que sim, porque ele estava certo, era lindo, mas também porque me dava uma desculpa para continuar encarando a escuridão.

— LEIF! CUIDADO! — A voz de Wyatt invadiu o silêncio tranquilo do Hummer como uma bala e Leif puxou o veículo para fora da estrada e derrapou pela encosta da montanha até parar completamente a poucos metros de um carro que tinha acabado de atingir um pedaço de gelo e virado bem na nossa frente.

Leif abriu a porta de supetão.

— Ligue para a emergência! — gritou para nós, e Wyatt saltou do veículo com ele. Procurei minha bolsa às cegas, não querendo tirar os olhos do carro fumegante no caso de vê-las: as almas que sairiam dali, se o acidente tivesse feito vítimas. Eu logo saberia se tivessem morrido... não saberia?

— Teve um acidente bem feio na nossa frente. — A voz de Miranda soou detrás de mim e eu soube que ela tinha encontrado o telefone e feito a ligação. Soltei a bolsa e engatinhei até o assento de Leif para sair pela porta dele, já que o meu lado estava bloqueado pela montanha. Fagulhas começaram a voar do carro virado e Wyatt agarrou o braço de Leif e o puxou para trás.

— Não, cara, pare — ele disse, e Leif parecia dividido entre ajudar as pessoas ou recuar. Fagulhas e fumaça muito perto de gasolina significavam que o carro poderia pegar fogo a qualquer momento, talvez até explodir.

— PARA TRÁS! — gritou Miranda, saltando do carro e correndo na nossa direção com o telefone na mão.

— A moça no telefone disse para nos afastarmos. A fumaça e as fagulhas são um mau sinal e ela disse que os paramédicos e os bombeiros estão a caminho e que eles não precisam lidar com mais feridos; isso não vai ajudar as pessoas no carro.

— Ela está certa, Leif, vem. Vamos voltar.

Leif olhou para mim, desesperado.

— Afaste-se, Pagan! — gritou ele.

Antes que alguém pudesse reagir, o carro à nossa frente pegou fogo. Um grito ecoou nos meus ouvidos e eu me encolhi ao pensar que não poderíamos ajudar as pessoas lá dentro. Congelados por causa do terror, todos ficamos parados ali e observamos, incapazes de fazer qualquer coisa para salvá-los. O pranto de Miranda foi abafado pela voz calma de Wyatt. Os braços de Leif me envolveram e me puxaram para longe do calor das chamas. Eu deixei que ele me puxasse, mas não tirei os olhos do carro. Eu precisava ver se eles estavam mortos.

— Não olhe, Pagan — a voz de Leif suplicava baixinho no meu ouvido. Ele não entendia por que eu tinha que olhar, e eu não podia dizer a ele.

Então, eu o vi. Ele saiu da escuridão e foi direto para o fogo. Eu me libertei dos braços de Leif e fui correndo em direção ao carro. Ele estava lá. Dank estava lá.

— Pagan, NÃO! — a voz de Leif soou detrás de mim.

— FAÇA ELA PARAR! — Miranda gritou em pânico, mas eu não parei. Dank estava ali! Ele estava lá dentro. O fogo não o machucaria. Eu entendia agora. Braços me envolveram e me puxaram para trás enquanto eu lutava contra eles.

— Não, pare, não posso... eu preciso ir lá! Eu preciso ver — implorei ao lutar com os braços de Leif, sem tirar os olhos do carro em chamas.

Dank saiu com duas pessoas ao seu lado. Era um casal jovem. Comecei a chamar por ele enquanto Leif me segurava com força, inflexível.

— Por favor, por favor, me solte. Eu preciso ir — implorei, observando Dank parar e olhar para mim. Os olhos dele brilhavam, um azul cintilante em meio à escuridão enquanto ele me observava lutar e chamar por ele, presa nos braços de Leif. Ele estava lá, tão perto, e as pessoas ao lado dele encaravam o carro em chamas do qual tinham acabado de escapar. Ele me deu as costas e, com um aceno, os três desapareceram. Observei horrorizada quando a escuridão voltou. O carro continuou a queimar, e ouvi os bombeiros se aproximarem.

— Vamos lá, Pagan, volte, meu amor — Leif sussurrou no meu ouvido.

— Eles estão mortos — sussurrei, sabendo a razão para Dank ter vindo.

Leif me puxou para si e me abraçou com força. Eu deixei. Ele não fazia ideia do que eu tinha acabado de ver. Ninguém fazia. Tudo o que tinham visto era o veículo em chamas. Eu tinha acabado de ver a bela alma que roubara o meu coração emergir da escuridão e tomar as almas das pessoas dentro daquele carro. Ele não era um espírito normal. Ele sempre me disse que era diferente. Agora eu entendia. Ele era diferente. A existência dele era fria e solitária. Um soluço sacudiu o meu corpo e desabei contra Leif. Chorei ao perceber que Dank jamais teve a chance de amar. Ele vivia em meio à tristeza, tinha que andar de mãos dadas com a morte. Ouvi a voz de Leif tentando me consolar, mas não podia aceitar aquelas palavras. Nada do que ele dissesse faria as coisas ficarem bem. Dank não tinha a chance de viver e ser feliz. Meu fôlego saía ofegante por causa da dor que disparava pelo meu coração. Tudo aquilo era demais. Eu tinha um limite, e não havia dúvida de que acabara de atingi-lo.

— Não, senhor, ela não está ferida. Não estávamos perto o bastante do carro e todos usávamos cinto de segurança quando joguei o Hummer para a encosta. Ela só não está encarando bem o que acabamos de testemunhar... — A voz de Leif esvaneceu.

Um desconhecido falou às suas costas:

— Ela precisa ser levada para o hospital e tomar algo para se acalmar. Esse tipo de trauma emocional pode ter efeitos devastadores.

Segurei Leif com mais força. Não podia ir para o hospital agora. Não queria ver mais doença nem almas perdidas. Balancei a cabeça com violência contra o peito dele.

— Ela está aterrorizada e eu não posso permitir que ela vá sem mim. Não posso me separar dela. — Ouvi Leif argumentar.

— Você pode ir com ela, mas essa menina precisa de atendimento médico. Não é normal lidar com algo dessa forma. A outra menina está indo muito bem. Essa parece ter enlouquecido.

— Tudo bem, mas não vou sair do lado dela — insistiu Leif, o tom de voz pondo fim à discussão.

— Eu não quero ir para o hospital — falei, em pânico. Eu me afastei de Leif, tentando sair dali e ir atrás de alguém que me desse segurança; alguém que não me obrigaria a ir. Ninguém entendia o que eu veria lá. O que eu tinha visto aquela noite.

— Não, não faça isso. — Ouvi Leif protestar e, por um momento, pensei que ele estivesse falando comigo, quando senti a picada da agulha. O mundo ficou difuso e logo esvaneceu na escuridão.

— Não, eles aplicaram uma injeção e ela apagou. Tentei impedir, mas aconteceu antes que eu pudesse fazer qualquer coisa. — Escutei a voz de Leif.

— Liguei para a mãe dela, e ela está muito aflita. Eu disse para ela não vir. Estou cuidando dos preparativos para partimos em algumas horas. — A voz da sra. Montgomery parecia preocupada.

— Como estão Miranda e Wyatt? — perguntou Leif ao acariciar meus braços com os dedos. Eu sabia que era o toque dele.

— Estão bem. Miranda está bem. Ela está preocupada com Pagan. Assegurei-a de que Pagan só está descansando.

Houve mais alguns minutos de silêncio. Deixei a carícia de Leif me confortar. O gesto me ajudava a lutar contra o terror que eu mal conseguia conter. Eu sabia que a dor esperava por mim, mas não estava pronta para enfrentá-la.

— Querido, ela é sempre instável assim? Eu sei que foi algo horrível de se testemunhar, mas ela perder o controle desse jeito? Bem, acha que ela tem algum problema psicológico do qual não sabemos?

Leif não disse nada de início e eu me perguntei se ele tinha balançado a cabeça ou encolhido os ombros.

Eu o ouvi suspirar.

— Não sei, mãe — disse baixinho.

Leif sempre pareceu completamente cego para os meus problemas. Sempre me perguntei se ele só não notava a forma como eu encarava e observava coisas que ele não podia ver. E também havia as minhas grandes oscilações de humor que ele parecia relevar. Talvez visse mais do que eu imaginava. Um golpe de pânico apertou o meu peito e percebi que talvez perdesse Leif também. Dessa vez, ele não seria capaz de ignorar os meus graves problemas. Eu não era normal. Nunca tinha sido.

— Você precisa pensar sério sobre o seu relacionamento com ela. Não é saudável se envolver com uma pessoa psicologicamente vulnerável. Pessoas com emoções frágeis podem ser perigosas.

A mão de Leif parou de acariciar o meu braço.

— Não pedi a sua opinião. Não volte a dizer coisas assim sobre Pagan. A senhora me entendeu? Não há nada errado com ela, nada que seja perigoso ou nocivo. Ela só tem sentimentos mais intensos do que os outros.

Pensei no amor profundo que eu sentia por Dank e não pude discutir com ele. Eu realmente tinha sentimentos mais intensos do que o normal.

— Desculpe, querido. Eu não deveria ter dito nada; é só preocupação de mãe, nada mais que isso. Quero o melhor para você e ter certeza de que ela é o melhor para você.

Queria abrir os olhos e dizer "Ouça a sua mãe. Não sou boa para você, Leif", mas não fiz isso. Porque eu era egoísta e estava apavorada.

CAPÍTULO 15

Eu não fazia ideia de há quanto tempo estava em casa. O tempo parecia passar em uma linha contínua. Nem noite, nem dia. Sair da cama era quase impossível às vezes. Em meus sonhos, Dank estava lá. Eu só queria dormir. Falar era algo para o que eu não estava pronta.

Vi as perguntas e a preocupação nos olhos de Leif no voo de volta para casa, mas não falei com ele. Não queria encará-lo agora que ele sabia que eu tinha problemas, mesmo que ele não soubesse o que eu tinha de verdade. Ele pensava que eu era louca, mas isso não tinha nada a ver com meu problema. Na verdade, o meu problema era amar alguém que não poderia ter. Eu via almas vagando perdidas pela Terra e tinha sido atacada por um espírito que tinha a intenção de me matar. Eu era a única pessoa que se lembrava que Dank Walker tinha frequentado a nossa escola, e se voltasse a falar o nome dele, aí sim iam pensar que eu havia perdido mesmo a cabeça. Então, sim, eu tinha problemas, mas não eram psiquiátricos. Eram sobrenaturais.

Uma batida na porta do meu quarto me assustou e eu me virei para encarar a porta fechada, sabendo que era a minha mãe — minha mãe muito preocupada. Como eu poderia explicar a ela que eu sentia uma dor tão profunda e que não tinha certeza de que seria capaz de me recuperar? Tinha vivido uma perda que não se assemelhava a nada do que eu já tinha passado.

— Entre. — Minha voz soou rouca pela falta de uso. Minha mãe abriu a porta devagar e enfiou a cabeça para dentro como se para medir a atmosfera antes de entrar.

— Não vai se levantar para ir à escola? — perguntou com um sorriso que não chegou aos olhos.

Esqueci que dia era, mas sabia que não estava pronta para encarar a escola. Não estava pronta para encarar Leif, nem Miranda, nem Wyatt. Precisava ficar ali no quarto e encontrar forças para continuar viva. Balancei a cabeça e ela desistiu de fingir o sorriso. Rugas de preocupação se encresparam em sua testa.

— Querida, você já perdeu uma semana de aula. Deixei você ficar aqui, esperando que fosse superar esse trauma, mas agora estou ficando preocupada, achando que você não vai sair dessa. Tenho estudado sobre os seus sintomas na internet e você está com sinais de transtorno do estresse pós-traumático. Está tendo pesadelos terríveis e gritando enquanto dorme, gritando por tente, pente, dente... não consigo entender bem por causa dos soluços. Você não sai do quarto e não está atendendo ligações ou recebendo as pessoas. Quando tento falar com você, é como se me cortasse. Você nem me ouve.

Eu me sentei e a escutei falar. Eu estava sofrendo de coração partido, irremediavelmente quebrado, mas não ia dizer isso a ela. Só fiquei em silêncio. Ela pareceu o encarar como encorajamento.

— Fiz algumas ligações e marquei uma consulta com uma psiquiatra. Preciso que converse com ela. É uma médica muito boa que só atende adolescentes. Foi muito bem recomendada e não precisamos contar a ninguém que você vai se consultar com ela. — Lágrimas brotaram nos olhos da minha mãe. Ela as secou e soltou um suspiro entrecortado. — Eu... a verdade é que eu deveria ter te levado há anos. Quando você era pequenininha e falava sobre as pessoas nas paredes. Pensei que fosse imaginação, mas agora eu me pergunto se era algum desequilíbrio químico e se esse trauma acabou desencadeando alguma coisa. — Ela fungou. — Você fala sozinha à noite. Eu te ouço falar com alguém. Querida, você precisa de ajuda.

Fiz que sim. Sabia que aquilo acalmaria os temores dela. Minha mãe estava preocupada e eu não poderia explicar nada sem que ela achasse que eu tinha pirado de vez.

Ela sorriu entre as lágrimas e assentiu.

— Certo, ótimo. Vou te dar um tempinho, mas você precisa se levantar e tomar um banho. Depois se vista e nós vamos ver a dra. Hockensmith. Ela vai nos atender hoje.

Fiz que sim novamente e observei minha mãe sair do quarto, deixando a porta aberta como um lembrete de que eu precisava me levantar. Eu tinha acabado de concordar em ir ver uma psiquiatra. Minha mãe estava desperdiçando dinheiro, mas eu sabia que precisava ir ou *ela* precisaria se consultar com um psiquiatra por causa do estresse emocional que eu a faria passar. Eu odiava deixar minha mãe preocupada, mas não conseguia ver uma forma de me livrar do desespero que me consumia viva.

A enorme casa de dois andares e paredes brancas de estuque se erguia sobre palafitas e tinha vista para o Golfo do México. Minha mãe diminuiu a velocidade e encarou a casa grande o bastante para abrigar, com conforto, umas cinco famílias. Mas, bem, aquela não era o tipo de casa em que uma família moraria. A alegre casa de praia era um lugar para curar meninas adolescentes que tinham problemas psicológicos. Olhei de relance para minha mãe, que me esperou fazer o primeiro movimento. Ela tinha me ajudado a fazer as malas em silêncio depois de eu ter concordado com a psiquiatra de que estava com transtorno do estresse pós-traumático e que precisava de ajuda. Estava pronta para concordar com qualquer coisa que me tirasse daquele consultório, onde tinha ficado claro que ela queria que eu trocasse de personalidade ou que confessasse que me cortava. Eu não era uma psicopata, e parecia que aquele era o único diagnóstico que ela me daria, então achei melhor mentir.

— Quer fazer alguma ligação antes que a gente entre? Telefones são proibidos aqui, é uma das regras.

A expressão da minha mãe me dizia que ela estava com medo de que a notícia sobre a proibição de celulares fosse me fazer jogar tudo para o alto. Concordei balançando a cabeça, pensando em Leif e Miranda. Eu precisava informar aos dois sobre onde eu estaria por um tempo. Minha mãe assentiu.

— Tudo bem. Vou começar a levar as malas e providenciar o seu check-in — ela disse com um solucinho, como se estivesse prestes a romper em lágrimas. Ela estava lidando muito bem com tudo e sendo muito forte, pensando que era daquilo que eu precisava.

Ergui a mão, peguei a dela e a apertei com força.

— Mãe, está tudo bem. Acho que o tratamento vai me ajudar. Não fique tão triste. Vai dar tudo certo.

Ela fez que sim, com os olhos cheios de lágrimas. Eu sabia que precisava melhorar por ela. Precisava achar uma forma de viver com aquele buraco no peito.

Minha mãe seguiu para as escadas carregando as malas, e eu peguei o telefone e liguei para Miranda primeiro.

— Bem, já tinha passado da hora de eu ver o seu nome piscar aqui na tela. Jesus! Pagan, você me deixou preocupada.

Sorri por causa do alívio na voz dela.

— Eu sinto muito. — Respirei fundo. — Fui diagnosticada com transtorno do estresse pós-traumático. Estou esperando para dar entrada em um centro de reabilitação para pessoas com problemas parecidos. Não posso ficar com o celular, mas me disseram que posso receber visitas, se quiser vir me ver um dia desses.

Miranda ficou em silêncio, e comecei a me perguntar se a ligação tinha caído.

— Então, eles podem te consertar... quer dizer, consertar o que aconteceu? — ele perguntou devagar, parecendo aterrorizada.

— Sim, podem — acalmei-a, mas eu sabia que não podiam me curar. Eu nunca seria consertada. Eu só precisava aprender a conviver com os vivos, assim as pessoas que eu amava não se preocupariam comigo.

— Você contou ao Leif? — A voz dela tinha perdido a alegria de antes e eu odiei por aquilo ser culpa minha.

— Não, liguei para você primeiro.

Com um suspiro entrecortado, ela disse:

— Eu amo você. — Pela primeira vez, senti as lágrimas brotarem nos meus olhos. Eu a amava também. — Ligue para o Leif e eu vou te visitar o mais rápido possível.

— Tá bom. A gente se vê. Tchau. — Desliguei e liguei para Leif.

— Pagan. — Ele pareceu tão aliviado quanto Miranda.

— Oi — cumprimentei, tentando tranquilizá-lo para, então, dar a mesma notícia.

— Está se sentindo melhor hoje? Espero que sim, Pagan, porque estou sentindo muita saudade.

Sorri pelo calorzinho que a voz dele sempre me causava.

— Estou com transtorno do estresse pós-traumático, Leif. Eu fui a uma psiquiatra.

— O que é isso? Vão te receitar um remédio para melhorar as coisas? — Ele parecia em pânico.

— É exatamente o que parece ser. Estou com problemas para agir normalmente devido ao trauma pelo qual passamos. Todos vocês lidaram normalmente com a situação, e eu não. Pode ser um desequilíbrio químico; eles não têm certeza, mas vou ficar em um centro de psiquiatria por um tempo. Teoricamente, eles podem dar um jeito em mim. Não vou poder ficar com o telefone, mas posso receber visitas.

Leif pareceu estar respirando fundo.

— Então, eu posso ir te ver? Quanto tempo você vai ficar aí?

— Sim, pode, e eu não tenho certeza.

— Sinto muito por isso ter acontecido a você, Pagan. Sinto muito mesmo. — A voz dele parecia cheia de dor e culpa.

— Escuta, Leif, estou enfrentando tudo isso por causa das coisas que estão erradas comigo. O que você viu foi só o estopim. Eu vou ficar melhor.

Eu precisava ouvir essa mentira tanto quanto ele. Depois de o reassegurar várias vezes de que tudo ficaria bem, desliguei e deixei o celular no banco do passageiro. Minha bolsa de mão tinha sido tudo o que ficara no assento de trás. Eu a peguei e subi as escadas, indo para o meu novo lar provisório.

O quarto amarelo-claro que me deram tinha uma janelinha tipo escotilha que dava vista para a praia. Dera um abraço de despedida na minha mãe lá embaixo há uns trinta minutos. Eu me lembrei de que estava fazendo aquilo por ela. Estar ali a ajudaria a lidar com seus temores da minha possível loucura. E estar longe do meu quarto, o lugar que abrigava tantas lembranças de Dank, me ajudaria a encontrar uma forma de viver sem ele.

Uma senhora estava na areia com um saquinho do que parecia ser pão de sanduíche, jogando migalhas para o alto enquanto as gaivotas circulavam sua cabeça. Ou ela não era dali e não percebia que aquela era uma boa forma de levar cocô de passarinho na cabeça, ou era uma paciente de psiquiatria que estava muito doida para se importar com um pouco de cocô de pássaro.

Virei as costas para a revoada de aves famintas e observei o cômodo pequeno que tinha a metade do tamanho de um quarto normal. Levando em conta que aquele lugar abrigava vinte pacientes por vez, dez enfermeiras e dois médicos, os quartos não podiam ser grandes demais, mesmo aquela sendo uma casa de dois andares e enorme. Uma cama de solteiro estava ali no meio e uma mesinha redonda e branca servia de apoio para um abajur coberto de conchas. Um único espelho oval estava preso na parede sobre a cômoda de três gavetas. Um armário minúsculo, com tamanho apenas suficiente para pendurar umas quinze peças de roupa e guardar três pares de sapato, ficava na parede oposta. Durante o dia, eu só podia passar uma hora no quarto. Era a maneira de manterem os pacientes cercados por outras pessoas. O "isolamento levava à depressão" era a regra de ouro por ali.

Olhei para o despertador que tinham deixado na mesinha redonda. Já havia usado dez dos sessenta minutos que tinha de permissão para ficar no quarto. Eu precisava ir dar uma volta e ser vista, assim teria tempo disponível para ficar ali mais tarde. Fui até o corredor, fechei a porta e a tranquei com a chave que me tinham me dado e que eu guardara no bolso. Ao que parecia, havia razões para nos preocuparmos com medo de sermos roubadas por algum paciente. Não podíamos trazer nenhum objeto de valor, mas os que sofriam de transtornos de personalidade podiam levar qualquer coisa, e eu precisava das minhas roupas. Só pude trazer uma quantidade limitada e eu precisava do que tinha.

Uma porta se abriu mais abaixo no corredor e uma menina com

o cabelo castanho e rebelde e óculos grandes e redondos me encarou e logo bateu a porta. Ouvi o clique da fechadura. Ela se assustava e se afligia com facilidade. Devia sofrer de um caso severo de transtorno do estresse pós-traumático, ou TEPT, como o chamam ali. Encarei as portas fechadas e me perguntei se alguém naquele corredor tinha o mesmo problema. Se sim, as noites seriam bastante barulhentas com todos os gritos causados pelos pesadelos.

Desci as escadas e fui até a sala principal, ou o que eles chamavam de Grande Salão. Lá ficavam os televisores que transmitiam os seriados de comédia e os jogos de tabuleiros arrumados nas mesas. Não havia computadores ou internet para o uso dos pacientes. Uma enfermeira me deu um sorriso de orelha a orelha ao passar com uma cesta cheia de lanchinhos.

— Vamos tomar o lanche da tarde daqui a pouquinho. Fique por aqui para comer alguma coisa e conhecer alguns dos outros pacientes. Temos vários da sua idade.

Conhecer adolescentes com transtornos psicológicos não me atraía nada, nada, mas fiquei quieta. Em vez disso, atravessei as portas duplas de vidro que levavam até a sacada.

— Você não vai conseguir abrir essas portas. Eles as trancam. Sabe, para nós, os loucos, que podem ter a ideia maluca de que são capazes de voar. Embora eu ache que a areia não vá nos matar se cairmos nela.

Eu me virei e vi uma menina com o cabelo loiro oxigenado que eu diria que ia até a altura dos ombros. Ela tinha feito marias-chiquinhas no alto da cabeça. E usava um batom vermelho-berrante, que contrastava com a pele pálida.

— Obrigada.

Ela deu de ombros.

— Não foi nada. Se quiser ir lá fora curtir a praia, precisa chamar uma enfermeira para ir junto com você. Elas gostam de ter uma desculpa para sair.

Lembrei da senhora alimentando os pássaros na areia. Ela estava sozinha.

Eu não queria muito saber quem ela era, então voltei a assentir e disse "obrigada". Ela inclinou o rosto fino de um lado para o outro e agiu como se estivesse examinando algo de forma bem dramática.

— Você não é um caso psicológico, é? — Eu não tinha esperado que essa menina esquisita fizesse uma observação tão precisa, afinal de contas, todos os médicos acreditavam que eu precisava de ajuda. Dei de ombros, sem saber o que responder.

— Bem, eles parecem pensar que sou.

Ela ergueu as sobrancelhas escuras que tinha deixado sem tingir.

— Eles podem estar errados. Já erraram antes.

Eu me perguntei se ela falava de si mesma. Olhei para a enfermeira que estava atrás da mesa digitando em um laptop. Ela pareceu não reagir à acusação de que havia pessoas que não deveriam estar ali.

— Karen sabe que é verdade. Ela só não vai admitir. Vai, enfermeira Karen? — A loira sorria para a enfermeira, que olhou para cima e revirou os olhos com carinho e voltou a digitar. — Ela sabe, mas está ocupada demais no Twitter para admitir.

A enfermeira esticou a mão, deu um tapinha na pilha de papéis ao seu lado e voltou a olhar para a loira.

— Estou dando entrada nos dados sobre remédios e resultados de exames.

— Blábláblá. Não deixe que ela te engane, ela é a louca do Twitter. Fica lá a porra do tempo todo.

A enfermeira lançou um olhar de advertência.

— Olha a boca, sim? Você vai perder mais dez minutos de quarto se não tomar cuidado.

A loira deu de ombros e voltou a me encarar.

— Como eu disse, nem sempre eles estão certos. Posso ver nos seus olhos. Você é bem sã. Não tem demônios nos olhos como a maioria das pessoas. — Ela ficou de pé e se espreguiçou, mostrando a barriga branca e chapada. Tinha um enorme piercing preto no umbigo. — Eu me chamo Gee, a propósito. — A garota estendeu a mão para eu apertar e, quando fui cumprimentá-la, ela puxou.

— Regra número um, não aperte mãos. Esse lugar está cheio de gente louca.

Sorri.

— Presumo que você não seja um deles.

Ela soltou uma gargalhada.

— Ah, não, eu sou tão doida quanto eles. — Ela se afastou e, ao passar, deu um tapa nos papéis em que a enfermeira estava trabalhando.

— Não tuíte muito, Karen. Faz mal para os olhos. Você tem que parar com essa merda.

— Dez minutos, Gee — determinou a enfermeira, sem olhar para cima.

Gee olhou para mim e deu uma piscadinha.

— Eles não gostam de palavrões, então, se for boca suja, é melhor se controlar.

— Vinte minutos, Gee — a enfermeira voltou a dizer, ainda concentrada na tela. Gee caiu na gargalhada mais uma vez e foi em direção à sala de jantar.

A enfermeira olhou para mim.

— Gee é um caso especial. Você vai aprender a ignorá-la. Está na hora do lanche lá na sala de jantar, caso queira ir pegar algo para comer e conhecer outros pacientes.

Sorri.

— Obrigada, mas não estou com fome. Posso só ficar aqui e ver televisão?

A enfermeira Karen fez que sim e voltou ao trabalho. Eu me aconcheguei na cadeira e olhei para a televisão sem ver, me sentindo mais sozinha do que nunca.

CAPÍTULO 16

A sala de jantar era enorme e tinha cinco mesas longas, cada uma com capacidade para dez pessoas. Um buffet estilo refeitório foi montado e as enfermeiras serviam a comida no prato dos pacientes. Aquele era o único cômodo com janelas grandes. Toda a parede dos fundos era formada, basicamente, por janelas panorâmicas com vista para a praia. Agradeci à enfermeira quando ela me entregou uma bandeja vermelho-berrante com macarrão com queijo, que parecia bem apetitoso, filé de frango grelhado, salada caesar, vagem, um pãozinho de trigo e uma fatia pequena de algum tipo de flan que eu já sabia que não ia provar. As mesas perto das janelas pareciam as mais populares, pois já estavam cheias e alguns pacientes brigavam por causa de lugares específicos. Decidi me sentar a uma das mesas longe das janelas. Não queria lidar com o problema de me sentar no cobiçado assento de alguém. Peguei um copo plástico cheio de chá gelado e fui em direção à última fileira de mesas.

— É capaz *d'ocê* querer ir pegar um *mucado* de açúcar. Esse chá aí *num* tem doce não e fica intragável sem. — Uma garota com o cabelo castanho e pegajoso e grandes olhos castanhos e redondos estava fazendo cara feia para o copo nas minhas mãos. Os dentes da frente pareciam um pouco salientes e o nariz era cheio de sardas. Ela me lembrava de uma pessoa que a gente encontrava em qualquer fazenda.

— Ah, bem, obrigada, mas não bebo chá adoçado — expliquei, e ela torceu o nariz.

— Capaz *d'ocê* ser da Flórida, então. Não consigo imaginar por que *'cês* se comportam como o povo do Norte. Tão muito mais pro Sul do que nós do Mississippi, e a gente bem sabe que chá gelado tem que ter açúcar.

Lutei para entender o sotaque, mas sorri e segui para a mesa para a qual estava indo quando notei que agora ela tinha duas ocupantes: a menina com o cabelo castanho rebelde, que havia batido a porta e se trancado quando me viu mais cedo, e Gee. Vacilei e me perguntei se deveria ir me sentar a outra mesa quando Gee me lançou um sorriso de desafio. Achei melhor seguir com o plano. Ela esperava que eu fosse para outro lugar e eu não queria que ela pensasse que me causava algum tipo de medo. Fiquei surpresa por ela estar ali com a menina assustadiça. Gee não parecia o tipo de pessoa que atraía gente tímida e apreensiva.

— *Cê* num tá pensando em sentar com aquelas duas, tá? — a garota de fazenda perguntou.

Dei de ombros.

— Não vejo por que não.

Ela riu.

— Porque a Gee é doida de pedra. Doidinha, doidinha, tô te falando.

Reprimi o sorriso porque aquele era um lugar que cuidava de pessoas com distúrbios psicológicos. Todo mundo ali não era doidinho, doidinho?

— Hum, obrigada, mas eu conheci a Gee e ela parece legal.

A menina ao meu lado me encarou como se me estudasse com atenção.

— Você é esquizo, também, é? É que preciso saber. *Num* me sinto confortável perto dos esquizo.

Olhei para Gee e me perguntei se era aquilo o que ela era. Ela tinha esquizofrenia?

Balancei a cabeça.

— Não, eu tenho TEPT.

Ela sorriu.

— Ah, que bom. Posso lidar com isso. É fácil de me entrosar com *'cês*. Já eu, eu sou bipolar. Mamãe me trouxe para cá porque tentei me matar um tempinho atrás.

Enrijeci, olhando para essa pessoa amigável com a aparência de uma menina inocente de fazenda, e me perguntei como alguém como ela podia tentar pôr fim à própria vida.

— Por quê? — Eu me ouvi perguntar.

Ela encolheu os ombros.

— Às vezes, me sinto tão triste que parece uma boa ideia. — Ela disse isso com muita seriedade, e eu estremeci. Nunca pensei que havia pessoas da minha idade que pareciam normais, mas que lidavam com muitos problemas internos.

Coloquei a bandeja na frente da menina de cabelos castanhos e rebeldes.

— Foi bom falar com *'ocê* — a menina da fazenda disse, sorrindo.

— Não vai se sentar perto de mim, Henrietta? Ora, Henrietta, acho que meus sentimentos foram feridos. Eu posso sentir vontade de chorar bem aqui no meio da porra do refeitório inteirinho — disse Gee, sorrindo para a menina que se afastava.

— Deixe a garota em paz — Cabelo rebelde ciciou, e levou um garfo cheio de macarrão com queijo à boca.

Gee sorriu para Cabelo rebelde.

— É tão divertido provocar a Henrietta. Às vezes, eu até consigo arrancar um "já deu da sua amolação. Me deixa *in* paz, Gee, tá bom" — Gee imitou perfeitamente a forma de falar de Henrietta. Cabelo rebelde sorriu e engoliu a comida.

— Então, você não é louca? Eu sou a Jess, desculpa por mais cedo, mas não gosto de conhecer os doidos novos. Já sou louca o bastante e não preciso de mais loucura perto de mim. Já passo tempo demais com a Gee.

Gee sorriu e mostrou a língua para ela, que também tinha um piercing, mas era prateado. Eu encarei, surpresa com a aparência daquela língua, e a garota caiu na gargalhada.

— Relaxa, Pagan. Eu não mordo; não outras pessoas, pelo menos. — Ela riu do próprio comentário, assim como sua parceira. — Eu disse a Jess para não ficar tão preocupada por sua causa. Eu te vi e não há nada de errado com você, mas você é interessante. Não conseguimos descobrir o que é que eles acham que você tem.

Mexi a comida para lá e para cá no prato, mas nada me apeteceu.

— TEPT — respondi, olhando para ela.

— Ah, então eles acham que você passou por um trauma e o negócio ferrou com a sua cabeça. O que está errado de verdade, já que sabemos que você não é louca? O que você fez para ser enviada para cá?

— perguntou Jess, e levou outra garfada cheia de macarrão com queijo à boca. Olhei para as enfermeiras que agora vigiavam os corredores.

— Não é algo sobre o qual eu queira falar.

Peguei o pãozinho, esperando que, se estivesse de boca cheia, elas não esperariam que eu falasse.

Gee assentiu e então cutucou Jess nas costelas.

— Olhe a Roberta. Ela está prestes a empurrar a Kim por mexer no prato dela. Ah, droga, lá está a enfermeira Karen. Ela está levando Roberta para pegar outro prato e lavar as mãos. — Gee sorriu para mim. — Roberta tem o melhor tipo de doença para implicarmos.

— Ela tem TOC — Jess terminou por ela, sorrindo. Ao que parecia, o problema da pobre Roberta era fonte de diversão. Gee prendeu o piercing da língua entre os dentes.

— Engraçado pra cacete — disse, sorrindo.

— Dez minutos amanhã, Gee — a voz da enfermeira Karen soou detrás de mim.

Jess revirou os olhos.

— Por que você faz isso se sabe que ela vai te ouvir?

Gee deu de ombros.

— Porque eu posso. Ou porque não gosto de ir para o quarto sozinha. Você sabe que as vozes na minha cabeça ficam meio altas demais quando estou sozinha. — Gee lançou um sorriso para mim e deu uma garfada no flan.

Fiquei aliviada ao ir para a cama. Depois do jantar, fomos enviados para as salas de reunião para a "Hora da Conversa", o que significava que eles encorajavam todo mundo a falar. Eu não queria falar. Não tinha nada a dizer. Foi tão cansativo que me vi procurando por almas perdidas. Depois de passar horas sem vê-las, percebi que não tinha visto nenhuma desde que havia posto o pé naquela casa. Ao que parecia, as almas tinham medo desse lugar. Eu não podia culpá-las. Dava para ouvir as ondas baterem lá fora, e esperei que fosse o único som que eu ouviria naquela noite.

Como se pegando a deixa, ouvi um grito abafado. Eu me encolhi e me enterrei sob as cobertas. Não é que eles tivessem me assustado, mas eu sofria por eles. Eles lidavam com coisas que eu não entendia. Outro grito ecoou pelo corredor. Alguém abriu a porta e liberou o terror. Olhei a minha porta para me certificar de que a tinha trancado. Uma enfermeira estava falando com a pessoa que gritava, e várias portas abriram e fecharam.

— Eu nunca vou conseguir dormir — murmurei para a escuridão.

Saí da cama e fui até a janela para observar as ondas iluminadas pela lua quebrarem na praia. Elas me lembravam da última noite que eu passara com Dank. Ele tinha me salvado das ondas com a intenção de tirar a minha vida. Eu estava pronta para aquele desfecho até que o braço dele me envolveu. A dor perfurou o meu coração e tive que me sentar na cama e abraçar a barriga com força para não perder o controle. Outro grito veio de algum quarto perto dali. Uma lágrima quente escorreu pelo meu rosto. Eu estava sozinha pela primeira vez na vida. Deitei com os joelhos puxados para o peito e os braços envolto neles. Minhas pálpebras ficaram pesadas e os gritos abafados foram se calando.

Enquanto eu mergulhava nos meus sonhos, a música começou a tocar. Lutei para voltar a acordar. O som familiar era a minha canção de ninar. O cansaço do dia e a solidão pareceram desaparecer enquanto a música tocava. A calidez da voz de Dank tomou a minha mente e eu dormi.

— Já tem visita e ele é, hummmmmmm, de lamber os beiços — disse Gee, entrando toda empertigada na biblioteca à qual eu tinha quase certeza absoluta de que ela nunca ia. Olhei por cima da gasta capa de couro de *Orgulho e preconceito* que eu havia encontrado em uma das prateleiras que cobriam todas as paredes.

— Eu tenho visita? — Tinha que ser o Leif. — Obrigada.

Fiquei de pé e segui Gee até o Grande Salão, o lugar onde as visitas aconteciam. A expressão preocupada de Leif desapareceu assim que ele me viu ir em sua direção. Um sorriso suavizou a linha de preocupação em sua testa.

— Pagan — disse ao vir e me puxar para um abraço poderoso. Eu me agarrei a ele com força, tentando muito não chorar.

— Estou tão feliz por você ter vindo — sussurrei, esperando que a emoção na minha voz não fosse tão óbvia.

— Senti saudades, Pagan, muita — falou em meu cabelo, e ficamos lá, nos agarrando um no outro até alguém dar um pigarro e eu me afastar com relutância. A enfermeira Karen fazia careta e balançava a cabeça.

— Oh, qual é, louca do Twitter, isso é mais divertido do que a merda que temos que assistir na televisão — Gee gritou lá da cadeira.

— Vinte minutos, Gee — a enfermeira Karen respondeu com tédio.

— Já perdi todo o tempo que eu tinha hoje, enfermeira Karen.

Ela deu um olhar ameaçador e apontou um dedo para Gee.

— Vinte minutos para amanhã e você vai perder todos os privilégios por uma semana se disser mais um palavrão.

Ela revirou os olhos e deu um tapinha no assento ao seu lado.

— Traga o sr. Delícia para que eu possa olhar para ele — ronronou ela.

— Gee, vá ajudar a enfermeira Ashley com o jantar.

Ela fuzilou Karen com o olhar e se levantou emburrada.

— Eu ia ser boazinha, sabe, Karen. Você não é divertida, nadinha divertida. — Gee lambeu os lábios ao passar por Leif e deu uma piscadinha para mim. Apertei a mão dele e o levei até o canto mais afastado do Grande Salão, onde não havia TV ou jogos de tabuleiro. Sempre ficava vazio.

Leif me examinou com preocupação.

— Todas as pessoas aqui são como ela? — Ele pareceu traumatizado. Eu ri e comecei a balançar a cabeça, mas pensei melhor.

— Não, mas ela também não é a pior.

Leif ainda parecia horrorizado. Eu sorri.

— Elas são muito divertidas depois que a gente percebe que são inofensivas. Eu me sinto mal por elas, Leif. — Sacudi a cabeça. — Bem, me conta sobre a escola, sobre Miranda e sobre você. Como está todo mundo?

O rosto de Leif suavizou em um sorriso aliviado.

— Você já parece melhor. — Ele tocou a lateral da minha cabeça com cuidado. — Deus, eu senti saudade.

— Eu também. Obrigada por vir hoje. Precisava conversar com alguém do mundo lá fora. Mas me conta: como está todo mundo?

Ele me deu um sorriso triste.

— Estamos preocupados com você. Sentimos saudades e falamos de você o tempo todo. Não há mais nada acontecendo.

Eu também queria dizer que pensava nele o tempo todo, mas a verdade era que eu pensava em Dank. Eu o ouvira na noite anterior. Ele tinha aparecido nos meus sonhos.

— Você trouxe minhas tarefas? — perguntei, olhando para a bolsa que ele segurava.

— Ah, sim, aqui estão. Consegue mesmo fazer isso aqui? — Ele olhou para as duas meninas que tinham acabado de entrar e começaram a jogar Banco Imobiliário. Ao que parecia, elas haviam se desentendido e começado a enfiar dinheiro de mentirinha na camisa uma da outra enquanto gritavam. A enfermeira Karen saiu correndo e começou a separar a briga. Eu a ouvi dizer quanto tempo a sós elas tinham perdido.

— Por que ela fica ameaçando todo mundo com o tempo? É tipo quanto tempo você vai ficar no banco ou algo assim?

Eu ri e fiz que não.

— Não, na verdade, é o contrário. Só podemos ficar sozinhas no nosso quarto uma hora por dia. É uma punição ter o tempo reduzido. Tempo a sós no próprio quarto é uma fuga cobiçada.

Leif soltou um suspiro entrecortado e balançou a cabeça.

— Aqui não é o seu lugar, Pagan — disse ao me encarar com a testa franzida.

Dei de ombros.

— Só porque não tenho ataques, xingo as enfermeiras e lido com vozes na minha cabeça não significa que não tenha os meus próprios problemas com que lidar.

Ele não demonstrou concordar comigo. Sua mão apertou a minha.

— Eu te amo. E não vou a lugar nenhum — garantiu, num sussurro sentido.

As lágrimas brotaram nos meus olhos e dei um sorriso choroso.

— Eu sei. — Eu queria dizer mais, mas sabia que não podia.

— Romeu, Romeu, por que és tu, Romeu? — Gee gritou lá do corredor ao ir em direção à escada com os braços cheios de toalhas.

Eu ri alto.

— Ela é inofensiva — assegurei a Leif, e então refleti por um momento. — Tá certo, talvez não inofensiva, mas ela não tem a intenção de fazer nenhum mal agora.

O olhar horrorizado de Leif voltou.

— Você tranca a sua porta à noite? — perguntou, olhando ao redor como se temesse que alguém o ouvisse e viesse atrás dele.

Eu sorri e fiz um sinal afirmativo.

— Só porque há muitos gritos e correria à noite. Terror noturno e essas coisas.

Ele balançou a cabeça e olhou para mim.

— Por favor, fique boa logo e venha para casa. Você não deveria estar aqui.

— Eu sei.

Os gritos abafados começaram assim que anunciaram que as luzes seriam apagadas. Cobri a cabeça e bloqueei o som. Eu havia esperado o dia inteiro para voltar para a cama e cair no sono no meio do qual eu tinha esperança de ouvir a música dele. Pensei nas vezes em que ele a tinha cantado para mim e nas vezes em que ele me abraçou e me beijou. Meus olhos se fecharam e a música começou. Lutei, querendo abri-los para encontrá-lo no quarto. Ele estava ali. Eu podia sentir sua presença. O violão tocava a minha canção e, desesperada, tentei abrir os olhos. Era como se um cobertor escuro tivesse sido jogado sobre mim, e eu não podia removê-lo. Em vez de me fazer entrar em pânico, ele me aqueceu. O conforto de saber que Dank estava comigo seria o bastante por ora. A voz dele se uniu aos acordes do violão. Ele sabia que eu estava ali e tinha ido me ver. Eu não estava sozinha. Os gritos abafados e o bater de portas cessaram e tudo o que eu ouvia era a música que ajudava a preencher o buraco dentro de mim. Eu queria me virar, encarar a fonte da música e me jogar em seus braços. Apaguei, incapaz de lutar por mais tempo contra a sonolência.

— Não é que você é a pequena Miss Popularidade? — Gee vinha pelo corredor em direção ao meu quarto quando eu saí depois de tirar uma soneca de meia hora. Se não fosse pelas noites, quando a música começava e Dank estava comigo, eu já teria enlouquecido pelo tédio que havia naquele lugar.

— Eu tenho visita? — perguntei quando Gee entrou no próprio quarto.

— Tem — ela respondeu e bateu a porta às suas costas. Não havia como Gee ainda ter tempo a sós hoje. Eu mesma ouvi a enfermeira Karen tirar o equivalente a dois dias ainda no café da manhã. Alguém procuraria por ela dali a poucos minutos.

Desci as escadas, ansiosa para saber quem tinha vindo me ver. No momento em que meus olhos encontraram Miranda parada na porta da frente com os braços cruzados sobre o peito em uma posição defensiva, eu saí correndo.

— Gee foi te dizer que você tinha visita? — perguntou a enfermeira Karen, franzindo a testa e olhando para trás de mim. Eu fiz que sim, não querendo contar que Gee tinha ido para o quarto. — Onde ela está? — inquiriu.

Ergui as sobrancelhas e dei de ombros.

— Pensei que ela tivesse voltado para cá. — A enfermeira encarou o corredor e fez careta, como se pensasse que não tinha visto Gee voltar. Assentiu e voltou para o computador.

Miranda jogou os braços ao meu redor assim que cheguei nela. Era tão bom vê-la.

— Por favor, venha embora comigo — ela sussurrou no meu ouvido.

Eu ri.

— Não posso.

— Eu te ajudo a fugir. Menina, essas pessoas são loucas, você precisa dar o fora daqui. — Engoli a risada. — Essa menina Gee é doida de pedra e ela não desceu aquelas escadas. Eu estava de olho nela. Se ela não descesse imediatamente com você, eu ia lá em cima para vingar a sua morte.

Eu ri mais alto dessa vez.

— Venha, vamos conversar. — Eu a peguei pela mão e a levei ao mesmo lugar para onde tinha levado Leif dois dias antes.

Miranda olhou para as escadas.

— Ela ainda não desceu. Talvez você precise contar à enfermeira — cochichou Miranda, às minhas costas.

Eu me sentei na cadeira e apontei para a que estava ao meu lado.

— Não, não vou dizer nada a Karen. Gee não é uma pessoa má. Ela só gosta de causar uma boa impressão. É mais questão de prestar atenção nela. Além do mais, não quero ser a pessoa que vai dedurar a garota. Ela gosta de mim e eu preferiria manter as coisas assim. Já vi o que ela faz para as pessoas de quem não gosta. — Os olhos castanhos de Miranda se arregalaram. Dei um sorriso tranquilizador. — Coisas do tipo que um valentão de escola faz, não do tipo assassinato a machadadas, pode sossegar.

Miranda pareceu relaxar um pouco e cruzou as pernas, então, inclinou-se para frente e me encarou de perto.

— Me conta. Eles têm sido legais com você? Os doidinhos gostam de você e não tem ninguém te maltratando? Porque, se estiverem, eu vou acabar com eles. Nenhum dos pacientes daqui vai mexer com a minha garota. Eu te protejo. — A expressão feroz me deixou toda boba.

Sorri.

— Todo mundo é ótimo, mas obrigada pelo apoio.

Ela espiou por cima do ombro da enfermeira Karen.

— Espero que as outras enfermeiras prestem mais atenção aos pacientes do que aquela ali. Sabia que ela tem perfil no Twitter?

CAPÍTULO 17

— Pagan. — A dra. Janice entrou no Grande Salão onde eu jogava Banco Imobiliário com Gee, que trapaceava, e com Roberta, que continuava olhando feio para Gee por causa da trapaça.

— Sim?

Ela sorriu para as meninas que estavam comigo e ergueu a prancheta que segurava.

— Está na hora da sua avaliação. Por favor, venha comigo.

Eu me levantei da posição de pernas cruzadas em que estava sentada.

— Ah, merda, eu estava gostando de você, Peggy Ann, e agora vão te dizer que você não tem nenhum problema psicológico e vão te mandar para casa. — Gee mostrou a língua com o piercing para mim e deu uma piscadinha. Ela havia começado a me chamar de Peggy Ann nos últimos dias. Era um pouco irritante, mas não valia a pena criar caso.

Forcei um sorriso e segui a médica. Ainda não estava pronta para ter alta. Dank vinha todas as noites e eu temia que, assim que eu chegasse em casa, ele pararia de vir. Meu peito doía, lembrando-me de que ainda estava oco. A dra. Janice abriu a porta do consultório e a segurou para eu entrar.

— Não repare na bagunça da minha mesa. Repassei os arquivos essa semana e as coisas saíram um pouco do controle. — Ela sorriu se desculpando e deu a volta para ficar atrás da mesa. — Por favor, sente-se — pediu, apontando para as poltronas de couro preto ao meu lado.

Eu me afundei em uma delas e a dra. Janice pegou a prancheta. Ela colocou, sobre o nariz grande, os óculos que estavam pendurados com uma correntinha de pérolas em seu pescoço.

— Parece, Pagan, que você é a paciente mais psicologicamente saudável que temos em anos. Você é solidária e faz amizade até mesmo com os casos mais difíceis, o que só reforça o diagnóstico de que você não tem problemas psicológicos. Fazer amizade com alguém como Georgia Vain não é fácil, e a Jess é a única amiga dela só porque ela parece sofrer de medo da Georgia e por autopreservação. A avaliação de todas as enfermeiras diz que você é gentil e compreensiva. Você reage como alguém que entende estar rodeada por pessoas com doenças mentais e é paciente com elas. Isso não apenas faz de você uma paciente agradável, mas também uma pessoa muito estável. — A dra. Janice colocou a prancheta sobre a mesa, tirou os óculos e, com cuidado, deixou-os cair sobre o peito. — O fato é: seu lugar não é aqui.

Fiz que sim, sabendo que não havia por que discutir com a médica dizendo que eu era um caso psiquiátrico e que precisava ficar. A dra. Janice voltou a olhar para os arquivos na frente dela.

— Analisei com cuidado a recomendação que nos enviaram quando prescreveram a necessidade de você ficar aqui para aprender a lidar com o trauma que sofreu. Não é normal eu discordar totalmente das observações de outros médicos, mas, dessa vez, o erro do seu diagnóstico foi grosseiro. Agora, a pergunta que tem me deixado fascinada é, Pagan Moore, por que você se escondeu tanto em si mesma a ponto de a sua mãe ir buscar ajuda médica para você?

Engoli o medo que se construía dentro de mim ao pensar que eu seria enviada para casa naquele dia e que eu não teria a presença de Dank à noite. Eu precisava de um motivo para ficar. Encarei a dra. Janice e me perguntei se eu poderia ser sincera com ela e se a verdade me manteria ali. Se eu dissesse que via gente morta, ela mudaria de ideia? Comecei a falar, e uma imagem dos olhos marejados da minha mãe de quando ela viera me visitar no dia anterior surgiu em minha mente. Ela sentia saudade e estava preocupada comigo. Eu a estava magoando, ou melhor, a doença que ela pensava que eu tinha a estava magoando. Se confessasse que via almas, eles iriam mesmo me rotular como louca. Seria diagnosticada com um problema totalmente diferente e a preocupação engoliria minha mãe viva. Eu só tentaria ficar mais uma noite. Mais uma chance de ouvir Dank e, dessa vez, eu lutaria contra o sono pesado que sempre me impedia de vê-lo. Encontraria uma forma de falar com ele.

— O acidente de carro mexeu comigo e eu me escondi em mim mesma porque não queria pensar no que tinha visto. Concordei em vir para cá para que minha mãe se sentisse melhor, pois eu a estava assustando demais com a minha reclusão. Minha estadia aqui serviu para abrir meus olhos e eu sempre vou guardar essas lembranças com carinho. As meninas daqui são como eu, mas têm problemas psicológicos que tornam difícil levarem uma vida normal. Elas ainda são pessoas. Ainda têm sentimentos e querem ser aceitas. Gostei de conhecer todas elas. A senhora está certa, eu não tenho a mesma condição psicológica que as outras pacientes, mas ficar aqui me ajudou a aprender a aceitar o que testemunhei.

A dra. Janice sorriu.

— Bem, isso só confirma o meu diagnóstico. Você é completamente sã e muito madura para sua idade. Gostaria de ligar para a sua mãe e dizer que já pode voltar para casa?

Aquele era o momento em que eu pedia mais uma noite. Eu precisava dizer adeus. Precisava abrir os olhos naquela noite e olhar para ele; não poderia ir embora até ver Dank.

— Dra. Janice, teria algum problema se eu ficasse essa noite e fosse embora logo pela manhã? Eu gostaria de jantar com minhas novas amigas e me despedir de todo mundo.

A dra. Janice me deu um sorriso lento e satisfeito e fez que sim balançando a cabeça.

— Acho que seria perfeito.

Olhei para o telefone na mesa.

— Posso ligar para a minha mãe, então, e contar que vou poder ir embora pela manhã?

Pensei em como a notícia da minha volta para casa no dia seguinte colocaria um sorriso no rosto dela. Saber que ela ficaria aliviada acalmava um pouco da dor, mas não o suficiente.

Carreguei a bandeja de comida e fui me sentar com Gee e Jess. Gee inclinou a cabeça para o lado, como sempre fazia quando pensava em alguma coisa, e bateu o piercing da língua várias vezes contra os dentes.

— Você está indo embora, não está, Peggy Ann? — Eu sorri para ela e fiz que sim. Ela soltou um suspiro dramático. — Imaginei que eles te mandariam para casa, já que você não tem fragilidades psicológicas. Quer dizer, você nem grita à noite. Mas, bem, ele canta para você. Meio que me impressiona, na verdade. Ele me assusta pra caralho quando aparece no meu quarto. Você pode não ser ferrada da cabeça, mas o fato de você não ter medo dele faz de você alguém que não quero irritar.

Congelei, ouvindo o que ela dizia. Ela sabia que Dank vinha todas as noites e cantava para mim. Como ela sabia? Ela o via? Ela via almas? Qual era o meu problema? Eu era esquizofrênica? Ela caiu na gargalhada e piscou para mim.

— Você está pensando que deve ser doida no fim das contas, não está, Peggy Ann? Você queria ser pirada assim. Sem chance, garota. Nem fodendo — sussurrou, inclinando-se para mim para que as enfermeiras não a ouvissem xingar e lhe tirassem mais privilégios.

— Do que você está falando? Tomou seus remédios hoje, Gee? Porque você está falando mais loucuras do que o normal — disse Jess, franzindo a testa ao levar uma colherada de feijão-fradinho à boca.

Gee não parou de olhar para mim. Os olhos dela quase brilhavam ao meu observar, gostando da confusão que eu sabia estar estampada no meu rosto.

— Só os que ele veio buscar podem vê-lo, Peggy Ann. Você sabe, não é? Aqueles cujo tempo está próximo. Sei por que ele está aqui. — Ela inclinou a cabeça de um lado para o outro e me encarou de perto. — Mas ele não canta para mim. Não, ele não canta para mim.

Jess soltou um suspiro alto e olhou feio para Gee.

— Se você não parar de falar como uma psicopata, vou chamar a enfermeira Karen para vir aqui te aplicar os remédios na bunda — resmungou ela.

— Quem é ele? — perguntei baixinho para Gee, temendo que ela não soubesse.

Um sorriso triste tocou os lábios vermelhos e ela balançou a cabeça.

— Ah, então ele não está vindo atrás de você. Muito estranho, já que você vê o cara e ele passa tanto tempo com você, e ainda assim ele não veio atrás de você. Ele é o único que pode te dizer. — Gee se levantou, deixou a bandeja intocada sobre a mesa e saiu.

Jess me encarou e balançou a cabeça com tristeza.

— Ela voltou a esconder os remédios sob a língua e está cuspindo os comprimidos no vaso. Vou contar para alguém antes que ela fique mais louca. Acho que, se ela ficar tempo demais sem eles, pode tomar alguma medida drástica. — Jess deu uma garfada no bolo de carne, se levantou e foi falar com a enfermeira Ashley.

Naquela noite, eu estava determinada a perguntar para ele de novo, mas o medo de afastá-lo novamente me assustava mais do que as palavras da minha amiga psicótica.

Guardei a última calça jeans na mala e fechei o zíper. As gavetas estavam vazias, e as minhas coisas não estavam mais no armário. Fui até a mesinha redonda e peguei os cartões que Leif e Miranda tinham me mandado. Lê-los todas as manhãs me deu motivos para sorrir. Eu os guardei na bolsa de viagem e me sentei na cama. Agora eu tinha permissão para vir para o meu quarto sempre que quisesse. As regras de reclusão não se aplicavam mais a mim e eu precisava fazer as malas. O quartinho não era muito maior do que o closet da minha mãe, mas seria difícil sair dele pela manhã. Assim como em casa, aquele quarto tinha abrigado Dank. Tinha memórias dele.

A enfermeira Ashley caminhava pelos corredores, tocando o sino para o anúncio de apagar as luzes. Eu me levantei, puxei as cobertas e deslizei para a cama, estiquei a mão e desliguei o abajur. Ele viria esta noite, e eu falaria com ele. Não precisava temer que ele me deixaria e não voltaria mais, porque eu iria embora pela manhã. Eu queria entender por que Gee sabia quem ele era ou se ela pensava que ele era outra pessoa. Ele era o mesmo "ele" de quem a menininha ruiva tinha falado no hospital? O "ele" que ela disse que a buscaria em breve?

Foi Dank quem tirou o casal do carro incendiado quando eles

morreram. Era isso que ele fazia? Ele era a alma que vinha e levava as outras quando morriam? Fechei os olhos e esperei. Pensei nas coisas diferentes que tinha visto e no que Gee e a garotinha disseram. Tudo indicava que Dank era algum tipo de guardião. Talvez um anjo. Eu me virei de um lado para o outro, esperando pela música. Esperando Dank vir cantar para mim.

Ele não apareceu.

O sol da manhã lançava um brilho fraco no quarto amarelo enquanto eu pegava minhas malas e olhava ao redor para verificar se tinha esquecido alguma coisa. Eu estava partindo sem respostas. Pensei em Gee. Puxei a bolsa de viagem mais para cima do ombro e desci para procurar por ela. Queria falar com Gee uma última vez antes de partir. Dizer adeus e perguntar mais uma vez se ela poderia me explicar quem ela pensava ter ouvido no meu quarto. O Grande Salão estava vazio e o som das conversas vinha do refeitório, onde todo mundo tomava o café da manhã. Gee estaria lá. Coloquei as bolsas perto da porta e fui me despedir pela última vez.

No momento em que entrei na sala de jantar lotada, olhei para a última mesa. Jess estava sentada sozinha na ponta, encarando o prato enquanto enfiava comida na boca. Olhei para a fila e as enfermeiras tinham terminado de servir as pacientes. Todas estavam sentadas para comer. A enfermeira Karen olhou para cima e me deu um aceno de cabeça com um sorriso triste. Fui até Jess e me sentei em frente a ela.

— Ela se foi — disse ao comer mais um pouco do mingau de queijo.

— Gee se foi? O que você quer dizer? — perguntei, confusa. Eu a vi bem antes de ir para a cama na noite passada, sentada com umas meninas e jogando cartas.

Jess olhou para mim e franziu a testa.

— Ela partiu para cima deles mais ou menos às quatro da manhã. Começou a gritar e a xingar e tiveram que dar sedativos. Ela está piorando, e a dra. Janice não fica com as que estão perturbadas a ponto de fazer mal para si mesmas. Ela as transfere para o hospital, onde podem manter essas pacientes na ala psiquiátrica trancadas a sete chaves. — Jess sacudiu a cabeça e tomou um bom gole do leite com chocolate. — Eu sabia que ela seria despachada em breve. Os esquizofrênicos sempre são.

Eu fiquei enjoada.

— Você sabe para que hospital ela foi?

Jess deu de ombros.

— Não, porque não sou louca o bastante para ser despachada para lá.

Fiquei de pé.

— Bem, tá bom, então. É, foi um prazer te conhecer, Jess. — Falar que a veria outro dia seria estranho porque sabíamos que não era verdade. Então só sorri e disse: — Tchau.

Ela acenou com a cabeça, encheu a boca de bacon e olhou para além de mim, para as janelas que davam vista para o Golfo. Eu me virei e fui para a porta. A enfermeira Karen veio até mim.

— Precisarei que sua mãe assine os papéis da alta — avisou, indo comigo até a porta.

Eu me virei para ela.

— Gee foi para um hospital? — Eu queria ouvir a notícia pela boca de uma enfermeira.

— Infelizmente, sim. Ela não está segura aqui. Precisa de rédeas mais curtas que não podemos oferecer nesse ambiente.

Engoli o nó em minha garganta e caminhei ao lado dela até o corredor. Minha mãe me esperava lá. Ela estava no Grande Salão observando a nossa aproximação. Olhei para trás, para a enfermeira Karen, antes de nos aproximarmos o bastante e minha mãe acabar ouvindo a pergunta.

— Em que hospital ela está? — Eu queria vê-la.

A enfermeira Karen sorriu para mim.

— Mercy Medical.

O hospital no qual eu tinha me inscrito como voluntária. Porém, agora que eu tinha um diagnóstico de doença psicológica, eles não iam me deixar trabalhar lá, mas eu tinha certeza de que ainda poderia fazer visitas.

— Pagan, parece que você perdeu uns cinco quilos — minha mãe disse, assim que eu estava perto o bastante para ouvir. Ela veio até mim e me abraçou com força. — Estou tão feliz por você poder voltar para casa. Vamos recuperar esse seu peso perdido rapidinho.

Sorri e aproveitei o conforto de seus braços.

— Tenho certeza de que a pizza e a comida chinesa serão ilimitadas — provoquei, e ela riu, afastando-se de mim.

— Eu não disse que iria cozinhar a comida que vai te fazer recuperar o peso. — Os olhos dela estavam marejados, mas eu sabia que, daquela vez, as lágrimas não eram de tristeza.

CAPÍTULO 18

Fiquei ali olhando a mesa da cozinha repleta de latas de refrigerante amassadas, duas caixas de pizza vazias e metade de um bolo de chocolate com os dizeres: "Bem-vinda, Pagan" em cobertura branca. Leif, Miranda e Wyatt tinham feito a surpresa naquela tarde. Quatro horas antes, eu tinha aberto a porta e encontrado os três com pizza, refrigerante e uma caixa de confeitaria nas mãos. Estar com eles, comer comida com gosto e distraí-los com histórias da minha temporada na clínica psiquiátrica fez parecer que eu estava mesmo em casa. Os rostos sorridentes e as risadas conhecidas tinham aquecido o frio que sempre me invadia. Leif me abraçou enquanto estávamos sentados na sala de estar, me colocando a par de tudo o que eu tinha perdido. Kendra tinha caído da pirâmide durante o treino das líderes de torcida e agora estava com a perna direita engessada. Miranda parecia feliz demais com a desgraça da garota. Olheiros de faculdade tinham ido ver Leif jogar na final e agora ele tinha ofertas de bolsas de estudo para duas universidades diferentes.

A vida tinha seguido sem mim. Saber que Leif ficaria bem quando eu não fizesse mais parte da sua vida amainou um pouco a minha culpa. Eu não podia ficar com ele. Não quando ansiava tanto por Dank. Mesmo se eu não pudesse encontrá-lo, sabia que ele se importava. Ele poderia voltar em algum momento. Dank sabia que eu precisava dele e tinha vindo a mim. Mesmo eu não podendo vê-lo, sabia que ele estava por perto. Olhei para as escadas, sabendo que ele não viria naquela noite. Meu quarto agora era um porto seguro para mim. Se ao menos eu pudesse vê-lo e dizer que o amava e que faria qualquer coisa para estar com ele... mas ele não me deixaria nem mesmo saber ou entender.

Joguei as latinhas na lixeira reciclável da porta dos fundos e subi as escadas, indo para o meu quarto. Aquele tinha sido um dia exaustivo e eu voltaria para a escola no dia seguinte. A carteira vazia que Dank ocupava na aula de Literatura Inglesa cintilou na minha mente, e o buraco no meu peito doeu.

A música estava tocando. Levei um momento para abrir os olhos e perceber que Dank tocava a minha canção de ninar. Eu me sentei na cama, olhei para a poltrona e a vi vazia, mas a música ainda tocava. Por estar entre o sono e a vigília, levei um momento para perceber que a melodia não estava no meu quarto e nem mesmo na casa. Ela vinha lá de fora, flutuando pela janela aberta. Dei um salto e corri para ver de onde. Será que Dank estava lá? O quintal estava escuro e enevoado. A música chegava em mim vinda de algum lugar no meio da escuridão. Peguei o casaco, calcei os sapatos e desci as escadas, indo em direção à porta dos fundos. Então, fechei-a com cuidado às minhas costas para não acordar minha mãe. Se ela me pegasse vagando no escuro, era capaz de fazer as minhas malas e me devolver para a clínica.

Parecia que a música vinha da floresta. Fui até o galpão do jardim para procurar uma lanterna. Eu sabia que minha mãe guardava uma ali na prateleira que ficava por cima da bancada de jardinagem. Assim que a encontrei, verifiquei as baterias e segui para o quintal escuro.

Por que Dank estaria ali naquela escuridão tocando a minha canção de ninar? Segui a trilha que minha mãe tinha aberto para que pudesse fazer caminhadas partindo do quintal e indo até o lago que havia na floresta. As folhas estalaram ao meu redor e reprimi um grito. Eu precisava encontrar Dank antes que alguma criatura estranha me encontrasse. A música fez eu me embrenhar ainda mais na vegetação. A lanterna ajudava muito pouco. Por causa da névoa espessa, a visibilidade era quase zero. Continuei repetindo na minha cabeça que Dank estava ali em algum lugar. Ele queria que eu o encontrasse. Por que mais ele tocaria a música para eu ouvir se não era para me trazer ali fora?

Uma luz brilhou na escuridão através da névoa. Caminhei em direção a ela, sabendo que a melodia vinha daquele lugar. Quanto mais perto eu chegava, mais brilhante a luz ficava.

Rompi a neblina e entrei numa pequena clareira. Uma bolha brilhante flutuava dentro do círculo de árvores que rodeava o lugar. Enfiei a lanterna no bolso do casaco e, então, dei um passo cauteloso em direção à luz. A música de Dank vinha de lá.

Confusa, olhei ao redor rapidamente, procurando por ele. O lugar ainda estava vazio, exceto por mim e a luz musical. Por que essa coisa estava tocando a música dele? O medo começou a percorrer meu corpo. Dank não estava ali. Ele jamais me faria ir sozinha até o meio da floresta escura. Outra pessoa, sim. Alguém que queria que eu saísse da cama e vagasse para longe da proteção da minha casa.

— Tum-tum, tum-tum, esse seu coração está bem acelerado, não é, Peggy Ann?

Me virei ao ouvir a voz de Gee. Ela estava no canto mais afastado da clareira, me observando. Não se parecia com a Gee da clínica. O cabelo loiro e curto se agitava com a brisa noturna, e os lábios vermelhos agora pareciam brilhar como glitter prateado ao luar. Dei um passo para trás, querendo interpor distância entre nós.

— O que você está fazendo, Gee? — perguntei, tentando manter o pânico afastado da voz. Ela franziu os lábios brilhantes e inclinou a cabeça de um lado para o outro.

— Hummm. A pequena Miss Espertinha não é tão inteligente, afinal de contas. A única menina sã da casa, rá! Você foi a única idiota o bastante para ser minha amiga.

Desesperada, olhei ao redor, tentando traçar uma rota de fuga.

— Jess era sua amiga — respondi, querendo atrasá-la enquanto tentava pensar em uma forma de me afastar dela.

Gee começou a gargalhar.

— Jess é uma lunática. Consegui controlar a mente dela com muita facilidade. Você, por outro lado, se aproximou de mim sem precisar de qualquer incentivo. Foi por conta própria. Você confiou em mim. — Ela parou de falar e começou a se aproximar, rindo de um jeito maníaco. — Fui enviada para consertar o que está errado. Eu estava lá por causa de você. Na primeira noite, eu ia te ceifar. Era para ser assim — grunhiu. — Mas ele já estava lá. Eu nem tinha te matado e lá estava ele. Protegendo você. Humana tola que é. A alma simplória dentro de você, ele a protege.

Ela começou a andar para lá e para cá na minha frente, como se fosse um gato enorme perseguindo a presa. Dei mais um passo para trás e ela abriu um riso cruel, como se minha tentativa de fuga fosse tão insana quanto ela.

— É o *TRABALHO* dele! Fui enviada para consertar o malfeito dele! Ele quebrou uma regra com você. Ele não pode quebrar regras. Se ele não consertar, ele pagará. Isso tem que ser corrigido. — Ela começou a inclinar a cabeça para lá e para cá novamente, me analisando como se eu fosse um espécime desconhecido.

Percebi que seus olhos não pareciam mais insanos; eram mais como os de um gato. Todos os seus traços tinham assumido um brilho... ela não era humana. Ela não era uma paciente psiquiátrica. Ela era... outra coisa.

— O que você é, Gee? — perguntei.

Ela sorriu.

— Quer mesmo saber? — Ela parou de me seguir e olhou ao redor da clareira, como se esperasse mais alguém. Havia outros como ela por ali? — Acho que, já que chegou a sua hora, você pode saber. Deveria ter sabido esse tempo todo. Sua hora já passou há muito tempo. É como se você fosse um livro de biblioteca com prazo de entrega atrasado. Tique-taque, tique-taque, você está me custando um tempo valioso. Esse não é o meu trabalho. É o DELE — ciciou, esquadrinhando a clareira novamente, e eu percebi que ela esperava por Dank.

— Quem é o Dank? — indaguei.

Ela sorriu para a pergunta e ergueu uma das sobrancelhas que agora eram tão loiras quanto o seu cabelo.

— Quem você acha que ele é, Peggy Ann? — provocou.

— Ele leva os que morrem para onde quer que eles tenham que ir — respondi aos sussurros, quase temendo ouvir a mim mesma dizer as palavras.

Gee começou a dar a sua gargalhada maníaca.

— Bem, se você estiver certa, então isso fará tudo ser muito mais fácil, mas ver o quanto está meio por fora dificulta as coisas. Dank não é um transportador. Eu é que sou.

Fiquei ali encarando os enormes olhos escuros que pareciam brilhar como os lábios.

— É isso mesmo, Peggy Ann, eu levo as almas para cima ou para baixo — continuou, com um grunhido de desgosto. — E você ia ser fácil. Você ia para cima. Teria um novo corpo e uma nova vida e sua alma teria feito o que almas boas fazem. Elas vivem para sempre, de novo e de novo e de novo, mas NÃO! — ela gritou na escuridão quando fagulhas vermelhas voaram da ponta de seus dedos. — NÃO! PEI-GAN, não foi o que aconteceu. E POR QUE DIABOS não aconteceu? Bem, dessa vez, a sua alma bonitinha estava em um corpo jovem e bonitinho e você tinha um sorriso bonitinho e um andar bonitinho e uma risada bonitinha e era interessante. Você podia ver outras almas e era *corajooosa* e bláblábiá. Foda-se. — Ela parou e me fulminou com o olhar. — Você mexeu com ele. E espera-se que ninguém mexa com ele.

Ela começou a andar para lá e para cá de novo, me observando como se não tivesse certeza do que fazer comigo.

— Então, agora sou eu que tenho de consertar esse erro. Ele é fraco demais para isso. Ele te quer. Ele não quer despachar sua alma lá para cima comigo, para que você tenha uma vida nova. Ele não suporta a ideia de pôr um fim a tudo o que você conhece. — Ela revirou os olhos, jogou as mãos para o alto e soltou um suspiro frustrado. — Fui enviada para te buscar, com ou sem a ajuda dele. Ele estará aqui no fim, não faça cara feia. Você verá aquele rosto sexy novamente. — Gee começou a vir em minha direção com sua postura felina.

— Você não me falou quem ele é — disse eu, afastando-me dela.

— O que ele é? Você ainda não sabe? E eu aqui pensando que tinha deixado as coisas muito claras — zombou, parando bem na minha frente para passar a unha vermelha pelo meu rosto.

Estremeci com o toque gelado e conhecido. A loira que tentara me afogar tinha me provocado a mesma sensação.

— Você tentou me afogar — acusei, rouca, buscando alguma semelhança com a loira que eu achava que Dank tinha matado.

Ela sorriu e balançou a cabeça.

— Não, Peggy Ann, não fui eu. Ky era outra transportadora que seu namoradinho aniquilou. Você pode ver agora a razão de eu estar tão apegada ao trabalho que foi confiado a mim. Ele não vai ficar feliz comigo. Não quero a raiva dele direcionada para mim quando eu der um fim à sua preciosa. Afinal, quem iria querer sacanear a Morte?

Engoli o nó de medo que se formou subitamente na minha garganta.

— Morte — consegui sussurrar.

— Deixe-a. — A voz de Dank preencheu a clareira, e Gee enrijeceu.

O aperto se afrouxou por um segundo, e logo voltou a ficar mais forte e, então, com ainda mais propósito. Respirar agora era impossível.

— NÃO! — A voz de Dank irrompeu na escuridão.

Gee me soltou assim que seu corpo caiu duro no chão. Arfei, encarando-a ao mesmo tempo em que ela olhava feio para Dank com uma mistura de medo e ódio.

— É hora. Eu fui enviada. Você não pode quebrar as regras. Ela é uma alma que receberá outra vida. Você poderá encontrá-la novamente. Acabe logo com isso — implorou Gee, fuzilando Dank com os olhos.

Ele passou por ela e ergueu a mão para tocar o meu pescoço. O calor acalmou a queimação que o aperto gelado de Gee deixara.

— Eu sinto muito — ele sussurrou ao me olhar nos olhos.

Fiz que sim, sem saber pelo que ele se desculpava, mas sabia que o perdoaria por qualquer coisa. A gargalhada desvairada vinda de trás dele fez os olhos azul-escuros se transformarem em safiras brilhantes. Furioso, ele se virou e olhou para Gee.

— Vá e eu permitirei que você exista. — A ordem fria e severa penetrou a escuridão.

Gee ficou de pé, olhando-o com temor.

— Não posso ir até que você faça o seu trabalho e parta com aquela alma. — Dank sacudiu a cabeça, e os olhos pareciam lhe causar dor. A garota sorriu e deu um passo para trás. — Ouça, não pedi para ser aquela que irritaria a Morte. Eles me enviaram. Não tenho escolha. — Ela apontou para mim. — Eu gosto dela. Entendo o que você viu nessa menina, mas ela precisa morrer. Está marcada.

Dank se virou completamente e foi na direção dela.

— NÃÃÃÃO — rugiu.

Gee recuou, apavorada. Estendi a mão para Dank, segurando o seu braço.

— Não, Dank, por favor — implorei.

Ele parou e se virou para mim.

— Você entende o que ela quer? Ela não é sua amiga, Pagan, mesmo tendo desempenhado muito bem o papel.

Eu me aproximei dele.

— Você é a Morte e eu estou destinada a morrer. — Desviei meu olhar do dele e olhei para Gee. — E ela vai me transportar.

Dank balançou a cabeça e olhou com raiva para o sorriso de alívio no rosto de Gee.

— Você fez as coisas parecerem simples? Você a fez pensar que ela só morreria e voaria para longe e teria outra vida? — Um rosnado veio de dentro do peito dele e Gee se afastou ainda mais, o corpo tremendo visivelmente. — Não é assim, não é mesmo, Gee? — questionou ele, com rispidez, e eu senti os músculos em seu braço se contraírem sob o meu toque.

— Estou aqui para corrigir o que está errado. Você quebrou uma regra que não pode ser quebrada. Você não pode ficar com ela, Morte. Ela não é um bichinho para você brincar. Ela é uma alma e seu único direito sobre as almas é ceifá-las do corpo em que vivem quando chega a hora. Você não é dono delas.

— Eu NÃO ceifarei a alma dela. Ela viverá. A morte dela não aconteceu.

Gee jogou as mãos para o alto, exasperada.

— Sim, nós sabemos. Porque VOCÊ impediu! Era para ela ter sido esmagada naquele carro. Era para você ter retirado a alma dela do corpo. Ky iria levá-la. MAS, NÃO! Você pegou o corpo dela e a salvou.

Minhas pernas fraquejaram quando fui atingida pela verdade nas palavras de Gee. As palavras da garotinha do hospital correram para a minha memória.

Não fique tão triste. Ele disse que este corpo que tenho está doente e, quando eu morrer, vou ter um novo corpo e uma nova vida. As almas não são forçadas a vagar pela Terra. Apenas aquelas que têm muito medo de seguir em frente são deixadas aqui para vagar. Se a gente escolhe deixar a Terra, a gente retorna em um corpo novo e em uma vida nova, mas a nossa alma vai ser a mesma. Ele me disse que o homem que escreveu meus livros favoritos, As crônicas de Nárnia, *falou assim: "Você não é um corpo. Você tem um corpo. Você é uma Alma".*

Dank estendeu a mão para mim antes que eu caísse no chão. Olhei para ele.

— Conversei com uma garotinha no hospital. Ela conheceu você. A menina estava doente e ia morrer, e você disse a ela que o corpo dela estava doente e para não ter medo porque ela teria um novo corpo.

Dank balançou a cabeça com uma expressão atormentada.

— Sei o que você está pensando, e não.

Encarei Gee e ela afastou o olhar de mim. Havia algo que eu não sabia e que era importante. Voltei a olhar para Dank.

— O que você não está me dizendo, Dank? Por que você não pode ceifar o meu corpo e me deixar ter uma outra vida? Eu poderia ficar com você, então, quando minha morte não estiver marcada e você não tenha que quebrar uma regra.

Gee balançou a cabeça e me deu as costas.

Dank fechou os olhos com força.

— Você não vai voltar — respondeu ele em um sussurro rouco.

— Por quê? Você disse à garotinha que ela voltaria. Gee disse que eu teria um corpo novo e voltaria a viver; é o que as almas fazem.

Dank avançou e segurou meu rosto com ambas as mãos. O polegar acariciou os meus lábios. Odiava ver a dor nos olhos dele. Queria pôr um fim àquilo. Por que ele não deixava?

— Pagan, no momento em que fiquei cego por você e escolhi quebrar a regra, tudo mudou. Você é minha fraqueza. Em vez de seguir as regras, eu escolhi você. Assim que sua vida for ceifada, você será guardada. Eu não a verei mais, nem terei a chance de estar perto de você. Sou a Morte. Eu não posso viver com a luz e você viverá com a luz. Para sempre. Nunca mais voltará à Terra. Não posso resistir a você, então eles não deixarão que eu a tenha. — Ele se curvou e beijou o meu nariz com carinho. Estremeci sob o seu toque. Lágrimas queimaram meus olhos. Não podia suportar o pensamento de que nunca mais o veria.

— E se ele se recusar a levar o seu corpo, será levado no lugar. Vai contar essa parte a ela, Morte? Vai contar que você não vai mais poder vagar livre pela Terra como a Morte, mas que será condenado ao Inferno? Você será tão desprezível quanto os anjos caídos. Se ela viver, para todos os efeitos, você morre. — Gee pôs as mãos nos quadris e ficou olhando para Dank. — A hora de escolher é agora. Assim que perder os seus poderes, você será transportado lá para baixo. E eu odeio muito ir para lá. — Ela desviou o olhar para mim. — Você pode viver a vida eterna enquanto ele queima no Inferno pelo resto da vida junto com os demais anjos caídos e pecadores, ou você pode vir comigo e viver na luz e deixá-lo continuar vivendo a vida que ele tem na Terra desde a criação dos seres humanos. Pois ele é, e sempre será, a Morte.

CAPÍTULO 19

O céu escuro começou a se agitar ao redor de um núcleo de luz. Agarrei o braço de Dank com as duas mãos, como se ele estivesse prestes a desaparecer.

— O que está acontecendo? — perguntei acima do som do vento rugindo à distância. Dank balançou a cabeça, de olho em Gee.

Ela olhou dele para mim.

— Vão levá-lo. Por causa de você, ele será considerado o pior dos piores. Ele caiu. Ele quebrou as regras — Gee começou a gritar acima dos ventos tempestuosos que cercavam a clareira.

Soltei Dank e avancei, sabendo que eu precisava parar aquilo e ele não me diria como.

— O que eu posso fazer? — gritei para Gee.

Ela olhou por trás de mim, para Dank.

— Ela não é como os outros humanos. É por isso que você se apaixonou por ela quando nenhuma outra pessoa jamais foi tentação para você. Deixe-a decidir.

— NÃO! — Dank gritou atrás de mim com uma ferocidade na voz que beirava o pânico. Fui correndo para Gee, com medo de Dank me deter.

— Me diga — exigi.

Ela me encarou enquanto suas feições brilhantes pareciam ainda mais etéreas. A tempestade ficou mais forte. O cabelo loiro chicoteava descontrolado ao redor dela, criando a aparência da imortal que ela era.

— Ele só pode ser perdoado se você morrer. Ele é a Morte e ele terá que aceitar a sua alma. Eu só posso providenciar a morte do seu corpo, mas, no final, até Ele não existir mais, a Morte tem que ceifar a sua alma.

— NÃO! EU *NÃO* VOU CEIFÁ-LA! ELA É UMA ALMA NOVA! MINHA FRAQUEZA NÃO A CONDENARÁ! — Dank rugiu atrás de mim, e seus braços me puxaram para longe de Gee.

Ela ignorou os protestos e continuou a me observar enquanto a tempestade se intensificava. Eu tinha um poder naquela situação que Dank não queria admitir e Gee estava com medo demais para me dizer. Ela estava tentando. A amiga que eu pensei ter feito na clínica psiquiátrica talvez fosse verdadeira, afinal de contas. Não havia malícia no olhar dela; não como a que eu vira nos olhos da outra transportadora. Ela me implorava em silêncio. Qual era a escolha? Se Dank se recusasse a ceifar minha alma, então, como ela me mataria se eu fosse direto para os braços dela? Os braços de Dank pareciam lutar contra o empuxo da tempestade que não empurrava nem a mim, nem a Gee. A intempérie estava ali por ele. Olhei para ele e toquei seu rosto angustiado, tão cheio de determinação em me salvar que estava disposto a ser engolido pelo Inferno.

— Eu te amo — confessei, fazendo seu rosto se contorcer de dor.

— Não sou um homem, então não tenho coração para amar como os humanos. Sou um deus imortal que convive com o poder supremo porque guardo as chaves da Morte, mas você é a minha existência. E eu sou seu.

Lágrimas quentes escorreram pelas minhas bochechas enquanto eu olhava no rosto de alguém que compreendia uma emoção muito mais forte do que as minhas débeis palavras de amor. O braço dele foi arrancado de mim pela força do vento e ele se ergueu como o deus que era enquanto um redemoinho escuro se formava ao seu redor. Meu coração batia com força, e eu corri para Gee, sabendo, de alguma forma, que havia algo que eu poderia fazer. Ela poderia me ceifar, eu percebia em seus olhos. Havia uma forma de eu pôr um fim a tudo aquilo. Gee observou a minha aproximação e notei a esperança chamejar nos seus olhos.

— Ajude-o! Faça o que puder, mas não permita que o levem, por favor — gritei sobre o rugido atrás de mim que foi arrancado do peito da Morte. Gee fez que sim e olhou por cima do meu ombro.

— Ela fará o sacrifício. Está terminado — Gee anunciou com uma voz de comando alta e profunda. Ela voltou o olhar para mim quando sua mão tocou minha cabeça.

O vento cessou. Eu não podia mais sugar o oxigênio para os meus pulmões. Precisei juntar toda a minha força de vontade para não tentar puxar o ar. Se Dank me visse resistir, eu sabia que ele lutaria com qualquer força que o estivesse prendendo só para me libertar do poder de Gee. O solo frio e molhado se ergueu para me encontrar e fiquei inerte enquanto a dor lancinante da asfixia queimava meus pulmões. A tempestade que me cercava esmaeceu. Eu não ouvia mais, não sentia mais. Foi diferente de antes. Dessa vez, a dor passou rápido, e a escuridão me engoliu.

O cheiro de café e bacon assaltou os meus sentidos quando percebi um cheiro doce tão extasiante que acordei na mesma hora. Sentei e olhei ao redor do meu quarto. Eu estava na minha cama. Engoli em seco e minha garganta se contraiu de dor. Toquei o peito e senti que estava sensível, como se eu tivesse levado um soco bem ali onde os meus pulmões ficavam. Tudo tinha sido real. Atordoada, fiquei de pé e fui até a janela para olhar para a floresta que ficava atrás da minha casa. Ela mostraria traços da força do vento que soprara ali na noite passada? O vento que lutou para levar Dank? As árvores estavam iguais a no dia anterior, quando me embrenhei entre elas. As folhas sopravam levemente com a brisa. Aquilo estava errado. Eu me entregara pela Morte. Gee poderia ter me ceifado. Eu tinha visto nos olhos dela. Será que Dank ainda possuía o poder de deter aquilo mesmo com o Inferno o sugando para longe? Eu estava viva, e ali, na minha casa, respirando, mesmo tendo pedido para deixar esse corpo para trás e pôr um fim na minha vida na Terra.

— Não — sussurrei contra o vidro enquanto as lágrimas escorriam pelo meu rosto. — Eu queria morrer. Essa existência que você me deu não vale nada sem você aqui. Não posso viver sabendo que você não...

Um soluço sacudiu o meu corpo, minhas pernas ficaram bambas e caí no chão. Eu me encolhi como uma bola, tentando lidar com a dor que rasgava o meu peito. Aquilo não era o tipo de existência que eu poderia levar. Eu tinha muita certeza de que Gee conhecia um jeito de salvá-lo.

Isso, essa vida em que Dank tinha sido condenado ao Inferno e eu podia continuar vivendo como se nada tivesse acontecido, seria o meu próprio Inferno.

— Me diz uma coisa, Peggy Ann, você é sempre tão dramática? — Eu me virei de supetão ao som da voz de Gee e ergui os olhos inchados. Encontrei-a sentada na beira da minha cama. As pernas longas e esguias estavam cruzadas e ela me observava com a cabeça inclinada. — Você é mesmo um ser humano único — falou com um sorriso.

A raiva começou a subir. Fiquei de pé e a fuzilei com os olhos. Ela tinha mentido para mim. Ela tinha me feito pensar que eu poderia impedir a condenação de Dank.

— Calma, Peggy Ann, tire a cara de psicopata desse rostinho lindo e respire fundo. — Ela fez uma pausa e deu um sorrisinho. — Agora que você pode respirar, quero dizer.

Eu odiava o sorrisinho e a atitude irreverente depois do que tinha acontecido com Dank.

— Você mentiu para mim — acusei entre dentes, ao diminuir a distância entre nós.

Gee balançou a cabeça devagar.

— Não, eu não menti. Sinceramente, Pagan, pare com essa coisa de partir para cima de mim. Até parece que você pode me machucar. Sossega o facho, gata. Eu sei que você ama o cara. Merda, eu acho que você tem sentimentos mais intensos por ele do que o amor insuficiente que vocês humanos saem distribuindo por aí com tanta facilidade. Quero dizer, a maioria dos humanos não jogaria suas almas às cegas para uma eternidade que não entendem só para salvar a Morte. Uma raridade, sem dúvida.

— Você poderia ter tentado me ceifar com mais afinco. Ele estava sendo puxado por uma força mais forte que ele. Você poderia ter me matado! Eu fui direto para você e me ofereci como um sacrifício. — Cobri a boca quando um soluço escapou e logo ouvi os passos da minha mãe ecoarem pelo corredor.

Congelei, sem saber o que fazer. Parecia que minhas vísceras tinham sido arrancadas de dentro de mim. Eu não tinha mais forças para disfarçar a dor que estava sentindo.

A porta do quarto se abriu e minha mãe olhou para a minha cama e sorriu, então fechou a porta devagarinho. Fiquei ali paralisada e confusa com o que tinha acabado de testemunhar. Olhei na mesma hora para Gee, que ainda estava sentada na beirada da cama. Minha mãe não tinha olhado para ela. Gee se virou levemente, deu um tapinha em algo e sorriu para mim. Meus olhos se moveram dela para o lugar que eu tinha deixado vago depois de acordar e, pela primeira vez, percebi que eu ainda estava na cama. Dei um passo para mais perto e olhei para o que parecia ser o meu corpo adormecido.

— Acho que um "desculpa" vai ser suficiente por enquanto. Sabe, por gritar comigo e esse sibilo bizarro que você fez. Meio que me lembrou das pessoas lá de baixo e, bem, elas me deixam apavorada. — Desviei o olhar do corpo e encarei Gee, que parecia extremamente feliz. — Estou esperando pelo pedido de desculpas. Desembucha, Peggy Ann, eu sei que você consegue. — Ela franziu os lábios e inclinou a cabeça de um lado para o outro.

— Eu estou morta? — perguntei e, mais uma vez, olhei para o meu corpo. — Quer dizer, o meu corpo está morto?

Gee soltou um suspiro alto.

— Siiiim, agora, vamos lá: "Me desculpa, Gee, por falar com você de um jeito tão feio depois de você ter feito exatamente o que eu pedi". Vai, você consegue.

Sacudi a cabeça, observei o meu corpo e fui me olhar no espelho. Eu parecia igual sob muitos aspectos, só que as minhas imperfeições tinham desaparecido. Eu era uma versão perfeita de mim mesma.

— O quê? Por que estou aqui? Minha mãe não percebeu que eu estou morta? Onde está o Dank? Eles o libertaram? Você vai me transportar? Ou eu sou uma alma penada? Onde está o Dank? — Senti esperança pela primeira vez desde que tinha acordado. Voltei a olhar no espelho e toquei o meu rosto. Minhas bochechas, que as lágrimas deviam ter deixado molhadas e sensíveis, estavam suaves e macias.

Gee sorriu.

— Leva tempo para se acostumar, a vida toda em um corpo por dezessete anos e, agora, você não tem nenhum. Você esquece e pensa que as coisas são de um certo jeito, e elas não são. Como o fato de você ter soluçado tanto ali no chão com toda a sua veia dramática e você sabe que seu corpo produziu lágrimas, mas você as sentiu porque pensou que elas estariam lá. — Gee deu de ombros e ficou de pé.

— Para onde você está indo? Você vai me levar? Onde está o Dank? — perguntei novamente, e ela ergueu as mãos, como se se defendesse.

— Tá bom. Primeiro de tudo, eu não recebi meu pedido de desculpas e você ainda acha que simplesmente pode começar a exigir respostas?

— Desculpa! Agora, onde está o Dank?

Gee fechou a cara.

— Não soou muito sincero. — Fechei os olhos e percebi que, mesmo com eles fechados, eu podia ver. Bizarro. — Seus olhos não estão fechados, Peggy Ann, você só acha que eles estão. Já expliquei como funciona, então para. Você parece estar fazendo aquela cara de assustada típica das almas.

— Por favor, eu sinto muito. Só me diga onde o Dank está — implorei.

Gee sorriu.

— Tá bom, tá bom. A verdade é que eu não sei direito. — Ela deu de ombros e passou por mim.

— O que você quer dizer?

Ela se virou e sorriu.

— É tudo muito confuso. Você me deixou matar o seu corpo, mas claro que o namoradinho não ia tirar sua alma do corpo. No entanto, eu sei, assim como ele, que, se sua alma quisesse muito, poderia sair do corpo sozinha. Então, deixei o redemoinho lá e trouxe o seu corpo morto para cá. Eu sabia que, quando sua alma se recuperasse do trauma da morte do corpo, seria a hora da verdade. Eu paguei para ver, é claro... — Ela fez uma pausa e deu um sorrisinho convencido. — Para ser sincera, eu nunca duvidei. Pude ver seu desejo feroz de salvá-lo. Eu sabia que era a sua alma que estava falando e esperei que deixasse o corpo. Isso, é claro, aconteceu e eu deveria ter sido capaz de te levar imediatamente para cima. — Ela mordeu o lábio inferior e encolheu os ombros.

— O quê? — perguntei assim que o alívio me percorreu, assim que pensei que Dank ainda era a Morte e que ele não estava queimando no Inferno.

— Ah, então, eu não tenho certeza. É que eu gosto de você e tudo, mas estou com o horário meio apertado, e lidar com você nessas últimas semanas levou um tempão. Bem, ao menos desde que Dank expulsou Ky e eu fiquei presa ao trabalho de fazer o sr. Teimoso liberar a sua alma. De qualquer forma, veja bem, não fiquei enrolando e atrasando a nossa partida para que eu pudesse conversar com você e você me fizesse um milhão de perguntas. Eu, é, bem, sua alma não quer vir. Ela não vai ou ela está sendo presa por alguma força.

Ela suspirou e fez cara feia para mim.

— Eu não sei o que está se passando. Você é a primeira com quem acontece algo assim. Talvez a Morte realmente tenha que ceifar a sua alma. Não faço ideia. Meu palpite é que é melhor você voltar para o seu corpo e viver a vida. Temo que não tenham facilitado as coisas para a Morte por causa da rebelião e tudo mais. Se você não voltar para o seu corpo, sua alma vai passar a eternidade vagando por aí. Eu não preciso te dizer o que é uma alma errante porque nós duas sabemos que você já sabe. Você as vê o tempo todo. Quer ter a mesma existência infeliz que elas? Olha, não permita que ele tenha sido fadado à danação eterna por nada. — Ela foi até onde estava o meu corpo... sem vida. — Se ele tiver que queimar no Inferno por toda a eternidade, não permita que seja condenado a fazer isso sabendo que você virou uma alma perdida. Ele vai saber. Eles vão se certificar de que ele saiba. Lá embaixo é só dor e tortura. O que um pouquinho de calor não pode fazer com ele, saber que você abriu mão da eternidade que ele brigou tanto para você manter vai fazê-lo sofrer de um jeito que você jamais poderá compreender. — Ela encarou o meu corpo. — A escolha é sua. Volte para lá e viva. Faça isso por ele. — Então, ela desapareceu.

Fiquei olhando para o meu corpo enquanto as lágrimas escorriam mais uma vez pelo meu rosto, mas agora eu sabia que só sentia a memória das lágrimas. Eu era uma alma. Não podia chorar. Toquei meu rosto e o corpo estava frio. Era insuportável pensar em voltar para aquele corpo, para aquela existência, quando Dank não mais vagava pela Terra por causa de mim.

— Você é a razão da minha existência, Dank. Como poderei viver sem você? — sussurrei para o quarto e soube que não importava a dor que a vida reservara para mim, eu não poderia fazê-lo sofrer ainda mais. Eu enfrentaria a vida para que ele não tivesse a culpa pela minha alma perdida para atormentá-lo. Ele desistiu de tudo por mim. Eu poderia sacrificar uma eternidade de pesar, se aquilo fosse aliviar o sofrimento dele. Voltei para a cama e senti um formigamento quente passar por mim ao voltar para o corpo que havia abandonado. Meus olhos se abriram e um soluço escapou dos meus lábios.

— Pagan, querida, você vai se levantar e vir comer? — Minha mãe estava de pé na porta sorrindo para mim, completamente alheia de que, na última visita que fez ao meu quarto, ela tinha visto meu corpo morto.

— Sim, é, desculpa. Acho que estar na minha própria cama me fez dormir demais.

Ela veio até mim e se sentou ao meu lado.

— Foi muito bom ter você em casa ontem à noite. Pode faltar à aula hoje, se precisar de um dia para se ajustar.

Pensei sobre ficar em casa, no meu quarto, e soube que seria difícil demais. Precisava sair e falar com pessoas. Precisava ver a vida e encontrar uma forma de sobreviver a ela. Eu faria isso por causa da dor de Dank. Eu viveria... por ele.

CAPÍTULO 20

Minha mãe mandou Leif para a escola sem mim e explicou que eu iria mais tarde. Leif era um problema com o qual eu teria de lidar. Se eu tinha que viver essa existência, não podia continuar a usá-lo. Jamais o amaria do jeito que ele merecia. Ele era meu amigo e uma fonte de consolo. Arrastar ainda mais aquele relacionamento não era só errado com ele; seria traição porque eu jamais pertenceria a alguém que não fosse Dank. Eu não poderia viver daquele jeito. A vida não seria fácil para mim. Eu precisaria cortar todos os laços que tinham dilacerado minha alma já danificada.

Quando finalmente cheguei à escola, já tinha perdido a aula de Literatura Inglesa. Os corredores estavam cheios de estudantes. Segurei os livros junto ao peito e apertei a autorização de entrada na mão. Eu podia fazer aquilo. Repeti o lembrete de novo e de novo na minha cabeça. Miranda saiu do meio da multidão, e ficou radiante quando me viu.

— PAGAN! Viva, você veio! Senti uma saudade louca de você. Agora os almoços não vão ser tão chatos e, ai, meu Deus! Advinha só? — Lutei para acompanhar a torrente de palavras, então levei um momento para perceber que ela queria que eu interagisse com o "advinha só".

— Ah, é, o quê? — Não pude nem dar um sorriso forçado.

Ela me deu um sorrisão e sondou os arredores para se certificar de que ninguém estava ouvindo, então, voltou a olhar para mim.

— Dank Walker está aqui. Tipo, na nossa escola. Tipo, aqui, matriculado na nossa escola. Acredita? Quer dizer, eu sei que ele fazia ensino médio em Mobile, lá no Alabama, até o ano passado, quando a banda dele estourou com aquele hit e eles começaram a se apresentar no país todo, em vez de apenas aqui no Sudeste. AH! Você consegue acreditar que ele está aqui!? Na nossa escola? Acho que, já que ele tinha que voltar a estudar, vir para a nossa cidadezinha costeira pitoresca seria melhor do que qualquer lugar no Alabama. Mesmo assim, não consigo acreditar.

Congelei enquanto registrava aquelas palavras no meu cérebro. Dank estava aqui? Como? O roqueiro de quem ela acabava de falar não existia mais.

Pânico misturado com descrença apertou meu peito e eu tive que respirar fundo.

— Onde? — consegui perguntar, sabendo que não conseguia disfarçar o desespero estampado no meu rosto. Miranda sorriu e apontou para Leif.

— Melhor tirar esse olhar abobado do rosto. O seu cara está vindo.

Eu mal olhei para ele, e peguei a mão dela.

— Me diz onde ele está. Por favor, agora.

Os olhos dela se arregalaram com o meu súbito pedido ofegante. Ela ia pensar que eu estava pirando de novo.

— Ah, é, por aí, em algum lugar — disse com a voz tensa, e olhou para Leif, forçando um sorriso que não combinava com os olhos preocupados.

— Você sabia que a Pagan é super fã da Alma Fria?

Leif olhou para mim, mas eu não tinha tempo para lidar com ele naquela hora. Eu precisava encontrar Dank.

— Tenho que ir. Vejo vocês depois — respondi a título de explicação, e atravessei a multidão correndo. Lutei contra o desejo de chamar por ele em voz alta.

— *Você vai ser enviada de volta para a clínica psiquiátrica se não se acalmar*. — A voz suave de Dank provocou no meu ouvido, e eu me virei. Ele não estava, é claro, sussurrando no meu ouvido, nem estava perto de mim.

— Cadê você? — sibilei.

Ouvi uma risadinha e me virei para trás, mas só vi um casal de calouros se beijando.

— *Na mesa de piquenique* — ele se limitou a dizer.

Dei meia-volta e fui para a entrada da escola. Ele esperava por mim no lugar em que o vira pela primeira vez. Empurrei a porta com as duas mãos e saí correndo.

Ele estava largado lá, relaxando, como da primeira vez, sorrindo para mim enquanto eu fazia a volta. Joguei os livros no chão e me joguei em seus braços abertos. O choro sacudiu meu corpo. Ele estava ali! Ele estava ali. Eu não podia falar, então mantive o rosto enterrado em seu peito, soluçando descontroladamente. Queria olhar para ele, beijá-lo e perguntar como, mas parecia que eu não podia controlar as emoções que tomavam conta de mim. Ele me puxou para o colo e voltou a se sentar sobre a mesa.

— Feliz por me ver? — ele perguntou no meu ouvido. O fôlego quente fez cócegas na minha orelha. Eu ri em seu peito e fiz que sim, ainda incapaz de falar. — Eu teria vindo antes, mas não tinha certeza. Precisava esperar até... — A voz dele esvaneceu e eu me afastei para olhá-lo no rosto.

— Esperar o quê? — indaguei, precisando me assegurar de que ele não iria embora.

Dank secou minhas lágrimas com o dedo e inclinou meu queixo para cima, para que eu pudesse olhar dentro daqueles olhos parecidos com joias.

— Eu não podia voltar até que você escolhesse. Ao que parece, se você fizesse o sacrifício final, a regra que eu quebrei seria reparada.

Balancei a cabeça, sem entender de que sacrifício ele estava falando.

— Você quer dizer a minha morte? Eu me sacrifiquei voluntariamente ontem à noite. Por que você demorou tanto? A Gee apareceu no meu quarto e ela estava tão confusa quanto eu.

Ele sorriu para mim.

— Não, não a sua morte, embora aquela decisão tenha sido levada bem a sério. No entanto, poderia ter sido interpretada como egoísmo pela Divindade. Olha só, humanos desistem de viver quando não conseguem lidar com a dor. É uma fuga fácil. O sacrifício de que estou falando não é o de morrer, mas o de viver.

Ele encostou a testa na minha.

— Veja bem, Gee estava fazendo a parte dela. Ela sabia exatamente o que estava acontecendo. Ela não é uma Divindade, mas é imortal e está por aqui desde o princípio do tempo. Ela sabia que tudo se resolveria com o autossacrifício. Um ato totalmente altruísta.

Balancei a cabeça e franzi a testa.

— O que você quer dizer?

Ele riu e eu percebi que aquele era o som mais lindo do mundo.

— Você escolheu viver uma vida que não queria mais só para aplacar a minha dor. Você não queria viver sem mim, ainda assim, quando soube que isso tornaria a minha extinção inútil, não suportou aceitar essa ideia. Você escolheu viver por mim.

Eu fiz que sim, concordando com ele, mas sem saber o que aquilo tinha a ver com a razão para ele estar ali na minha frente.

— Minha linda alma — ele murmurou e acariciou minha bochecha. — Seu sacrifício final pagou pelo meu erro. Você se provou digna da minha devoção. Do... amor da Morte.

Toquei seus lábios perfeitos com meus dedos, querendo beijá-lo. Estar tão perto dele quanto possível.

— Então, por eu ter escolhido a vida, você continuou existindo? — perguntei, maravilhada.

Ele fez que sim.

— Na verdade, fica ainda melhor. — Beijou o meu queixo, seguindo até a bochecha, me fazendo esquecer do que ele estava falando.

Sua proximidade me deixava fraca de prazer e um gemido baixinho escapou da minha garganta.

— Ah, que som maravilhoso — murmurou ao trilhar beijos pelo meu pescoço, indo até a clavícula.

Eu me agarrei aos ombros dele, sabendo que a qualquer momento eu desmaiaria de prazer. Senti sua língua quente na minha pele e arquejei, tentando chegar mais perto, pronta para implorar por mais, bem ali no pátio da escola. Ele se afastou e sua respiração estava saindo entrecortada.

— Consegui ficar com você — disse, me olhando com uma intensidade que me fez tremer.

— Ficar comigo? — indaguei, me esticando para beijá-lo no queixo e ir descendo até seu pescoço perfeito.

— Não aqui. Não posso aguentar muito mais, Pagan. Não sou tão forte assim — ele pediu com a voz rouca ao me puxar para o seu peito. — Você é minha agora. Enquanto você caminhar pela Terra, será minha. Nada poderá te machucar. — Ouvi um pouco de humor na voz dele. — É praticamente impossível ferir o que a Morte protege.

Sorri em seu peito, querendo ficar naqueles braços para sempre, mas havia muitas perguntas que eu sabia que precisava fazer. Poderia me refastelar em sua presença mais tarde.

— Posso ficar com você por toda a eternidade, então?

Um leve franzir tocou sua boca perfeitamente esculpida.

— Não exatamente. Você é minha enquanto caminhar pela Terra. Seu corpo vai ficar velho, e a velhice não é algo que possamos deter. Um dia, você terá que deixar esse corpo e começar uma vida nova.

— Vou envelhecer e ter que te deixar, e depois o quê? Começar uma vida nova na qual eu não vou te conhecer? Você vai esperar até eu estar com a idade certa e ir me ver? Não. Dank, NÃO! Eu não quero fazer isso. Quero ficar com você para sempre, para todo o sempre.

Dank prendeu meu rosto e me olhou dentro dos olhos.

— Pagan, você é uma alma. Deve viver a eternidade dada a elas. Não há escolha. O fato de eu poder te amar e te proteger enquanto você está aqui é um presente que não ousei ter esperança de receber. É tudo o que podemos ter. Eu sou a Morte; sou uma Divindade. Não sou e nunca fui uma alma. Ceifo almas frias ou almas cujos corpos acabaram de morrer e as enviaram para o lugar que merecem. Fui criado para isso.

Balancei a cabeça, passando os braços ao seu redor, como se ele fosse desaparecer a qualquer momento.

— Quero ser imortal. Quero ficar com você para sempre. Não há nada que você possa fazer?

Ele fez que não com tristeza, e então parou, olhando por cima do meu ombro com uma careta raivosa.

— Vá embora, Gee, não é da sua conta. — A voz dele gotejava um gelo frio que só a Morte poderia invocar.

Eu me virei e vi Gee ali perto com uma mão na cintura, sorrindo como se tivesse acabado de vencer uma competição.

— Ah, mas eu não me importo. É a beleza de tudo isso — ela disse, animada, e me encarou. — Ele não está te dizendo tudo o que há para saber, porque acha que a sua mente é frágil demais para entender a complexidade da coisa. Não o deixe escapar assim tão fácil, Peggy Ann.

Atrás de mim, Dank rosnou.

— Não a chame assim.

Gee sorriu e me deu uma piscadinha.

— Tá certo, tá bom. Pei-Gan.

Olhei para Dank.

— Do que ela está falando, Dank? Me conta. Farei o que precisar para que eu nunca tenha que te deixar. Não quero envelhecer. Quero ficar do jeito que estamos agora, para sempre. Vou para onde quer que você for. Por favor.

Dank suspirou, passou a mão em volta da minha cintura e apertou.

— Eu vou te dizer, um dia. Quando for a hora. Há uma forma, Pagan, mas não é fácil. Ela exige mais concessões do que você pode imaginar. A escolha nunca foi feita e para uma alma pode ser impossível. Almas são prejudicadas por suas emoções, que são fracas demais.

Gee gargalhou por trás de mim.

— Supõe-se que as almas sejam frágeis emocionalmente, mas essa aí não é nada fraca. Dê um voto de confiança a ela. Ela acabou de fazer uma escolha que nenhuma outra alma faria ou teria o poder de fazer. A alma dela é incomum ou você jamais a teria tomado para si.

Ele me olhou e sorriu com carinho.

— Eu sei.

A calidez em seus olhos fez o resto do mundo desaparecer.

— A gente se vê, Pei-Gan — Gee gritou às minhas costas.

Eu odiava desviar o olhar do de Dank, mas o afastei para poder me despedir de Gee. Ela já tinha ido.

Dank soltou um suspiro frustrado.

— Se não gosta muito dela, cuidarei para que não tenha que voltar a vê-la.

Eu enrijeci.

— O quê? Não.

Ele sorriu.

— Relaxa, Pagan, ela está a salvo da minha ira. Ela te faz sorrir e se importa com você. Isso a deixa eternamente segura e a faz ser estimada.

Sorri e passei as mãos pelos cachos escuros.

— Então, Morte, o que fazemos agora?

— Para começar, você precisa terminar com o Leif e eu vou com você.

Já me sentia bastante mal só de pensar em partir o coração de Leif. A culpa me consumia viva a cada vez que eu pensava em magoá-lo. Balancei a cabeça e lhe dei um olhar de súplica.

— Por favor, me deixa ir sozinha. Você não pode estar lá, só vai piorar as coisas.

A expressão de Dank permaneceu inflexível.

— Eu sinto muito, Pagan, mas não posso te deixar ir sozinha. Ele não é quem você pensa. Não confio na reação dele.

Sorri por Dank pensar que precisava me proteger de Leif. Ele era inofensivo. Estaria magoado, mas não seria perigoso.

Dank se levantou, me colocou de pé na frente dele e deslizou a mão na minha.

— Pagan, não sei bem como te dizer isso, mas... o Leif não é humano.

Continua...

SOBRE A AUTORA

Abbi Glines é a autora bestseller do New York Times, USA Today e Wall Street Journal das séries Rosemary Beach, Sea Breeze, Vincent Boys, Field Party e Existence. Nunca cozinha, a menos que conte fazer bolos na época de Natal. Acredita em fantasmas e tem o hábito de perguntar às pessoas se a casa delas é assombrada antes de entrar. Bebe o chá da tarde porque quer ser britânica, mas, infelizmente, nasceu no Alabama. Quando lhe perguntam quantos livros já escreveu, tem que parar e contar nos dedos. Quando não está trancada escrevendo, está lendo, fazendo compras (tem grande vício por bolsas e sapatos), indo ao cinema sozinha e ouvindo o drama das vidas adolescentes enquanto faz anotações mentais sobre situações boas para usar mais tarde. Não julgue.

Você pode se conectar com o Abbi na internet de várias maneiras diferentes. Ela usa as redes sociais para procrastinar.

Entre em nosso site e viaje no nosso mundo literário.
Lá você vai encontrar todos os nossos
títulos, autores, lançamentos e novidades.
Acesse www.editoracharme.com.br

Você pode adquirir os nossos livros na loja virtual:
loja.editoracharme.com.br

Além do site, você pode nos encontrar em nossas redes sociais.

https://www.facebook.com/editoracharme

https://twitter.com/editoracharme

http://instagram.com/editoracharme